谨以此书献给抗日战争胜利 70 周年和昔阳在抗战中献身的抗日烈士和死难者们！

西峪血泪

XI YU XUE LEI

杨润甫 著

山西出版传媒集团
山西人民出版社

图书在版编目（CIP）数据

西峪血泪 / 杨润甫著 .-- 太原：山西人民出版社，2015.8
ISBN 978-7-203-09215-5

Ⅰ.①西 … Ⅱ.①杨 … Ⅲ.①长篇小说—中国—当代
Ⅳ.①I247.5

中国版本图书馆CIP数据核字（2015）第188769号

西峪血泪

著　　者：	杨润甫
责任编辑：	樊　中
助理编辑：	陈　婷
出 版 者：	山西出版传媒集团·山西人民出版社
地　　址：	太原市建设南路21号
邮　　编：	030012
发行营销：	0351-4922220　4955996　4956039　4922127（传真）
天猫官网：	http://sxrmcbs.tmall.com　电话：0351-4922159
E－mail：	sxskcb@163.com　　发行部
	sxskcb@126.com　　总编室
网　　址：	www.sxskcb.com
经 销 者：	山西出版传媒集团·山西人民出版社
承 印 厂：	山西臣功印刷包装有限公司
开　　本：	889mm×1194mm　1/32
印　　张：	6.875
字　　数：	138千字
印　　数：	1-2000册
版　　次：	2015年8月　第1版
印　　次：	2015年8月　第1次印刷
书　　号：	ISBN 978-7-203-09215-5
定　　价：	15.00元

如有印装质量问题请与本社联系调换

夜读西峪惨案记
（忆江南）

无限恨
血火梦魂中
阅罢西峪惨案记
国仇家恨口难平
幸有史修成

寒声
2014年8月18日

寒声：昔阳县北掌城人，生前系中国戏曲音乐学会副会长，中国戏剧文学学会顾问，戏剧家、戏曲音乐家、人民艺术家、研究员、《黄河文化论坛》主编。

序

范银怀

在我们即将迎来伟大的抗日战争 70 周年胜利纪念日的时刻，《西峪血泪》即将付梓出版，这是非常有意义的一件事情。

《西峪血泪》记录了日本侵华战犯清水利一指挥日伪军在 1940 年农历 10 月 19 日凌晨在西峪村制造的 386 人殉难的大惨案。作者杨润甫同志是昔阳县人，也是革命老干部，他熟知当地革命历史，用翔实的历史材料，细腻的笔触，质朴的语言，再现了 70 多年前日本军国主义的侵华暴行，以及在中国共产党领导下，西峪人民所进行的不屈不挠的斗争。读来荡气回肠，令人感怀，发人深省。

西峪惨案只是侵华日军在昔阳县犯下的罪行一例。《昔阳县党史大事记》记载：清水利一在昔阳县，仅从 1940 年 4 月至 12 月，先后制造惨案 28 起，屠杀抗日军、干、群 1121 人，有"通匪"治罪的县城惨案、四肢捆绑活埋 59 人的南北界都村惨案、枯井抛尸 79 人的斜峪沟惨案、血肉横飞的西峪惨案。加上其他暴行屠杀 2000 余人。残害手段有煮人、刀铡、挖心达 40 种之多。

清水利一是侵华日军六大特务之一,是个杀人狂。仅是个上士,就因敢杀人,便当了日本宪兵队队长。他设的留置场是残杀八路军和无辜百姓的大本营。被抓来的人一般都是活着进来,死着出去。审讯、拷打,施用各种野蛮刑法,惨无人道至极。不仅打人、杀人,他们还在西河滩挖成大坑,将人活活埋掉。我见到过日本宪兵队用绳子成串绑着的人,沿着西门坡的石坡路将他们押到西河滩,推到挖现成的坑内,活活埋死,过些天尸骨遍野,狼狗啃食。因此这里被称为"万人坑"。《西峪血泪》中写的"人间地狱",说:日寇在西峪村杀人放火,又将27人带回昔阳城,关押在留置场监狱,所长赵来喜对他们训话:"不老实承认,就把你们拉到西河滩活埋"正是宪兵队屠杀昔阳抗日军民的自供状。

昔阳县是八路军华北抗日主战场,敌我斗争非常残酷。

"抗战开始,我们就是从这里经过"。徐向前元帅1972年9月21日,以中华人民共和国人大副委员长身份陪同赞比亚共和国副总统乔纳参观访问大寨时,他向接待外宾的大寨社员贾进才说。笔者是随同采访的新华社记者,当场听到这句话。1937年7月7日,日本侵略军向卢沟桥发起进攻,中国军队奋起抗战。11月8日太原失守,华北战局形成以八路军为主体的游击战争。贺龙率120师依托管涔山在晋西南,以吕梁山为中心。刘伯承师长、徐向前副师长率129师,到晋东南,依托太行、太岳山脉,开拓晋冀鲁豫抗日根据地。中共山西工委提出"保卫山西,保卫华北",9月间,成立了以赵武成为书记的中共昔阳县工作委员会。10月,成立县游击大队。同时,八路军一二九师政委张浩指示广泛发动群众,共同抗击日本侵略者。

序

1937年10月中旬，日军侵占河北石家庄后，以109师团的2000人，沿正太铁路西犯，由河北省井陉县窜入太行山，10月下旬，以飞机轰炸县城开路，踏入昔阳县境。开赴抗日前线的八路军英勇抗击日军。11月2日，八路军129师在刘伯承师长指挥下打了黄岩底伏击战，毙敌300余人，伤300余人，毙伤骡马400余匹，缴获步枪250余支。11月4日，朱德总司令和彭德怀副总司令命令115师343旅，在广阳一带袭击敌人，在敌主力部队通过时，在林彪师长和陈光旅长指挥下，经过6小时激战，毙伤敌人1000余人，缴获步枪200余支。接着，11月6日，129师副师长徐向前指挥打了有名的广阳战役，歼敌200余人，缴获步枪100余支。

八路军在昔阳境内"三战三捷"，不仅阻滞了向西进犯日本侵略军，保证了正太铁路、同蒲铁路北段撤退的友军安全，而且鼓舞了昔阳军民的抗战胜利信心。八路军在离昔阳城五六十里的皋落、卷峪沟等边远地区建立起抗日根据地。

为粉碎日本侵略军的"囚笼政策"，1940年8月，八路军在正太铁路和华北一些主要公路线，发起百团大战进攻战役。"百团大战"后，日军疯狂反扑，推行所谓"治安强化"运动。太行区是日军实行"治安强化"运动地区。对敌占区侧重于"清乡"，组织"自卫团"（又叫棒棒队），对游击区和近敌区着重于"蚕食"，"封锁"。强迫人民维持，建立伪政权。

日本侵略军严密封锁平（定）辽（县）公路，给昔阳抗日工作造成很大困难。为巩固抗日根据地，上级党委决定，以公路为界，成立昔东、昔西两个行政单位。

侵华日军将昔东、昔西列为"实验县",日特务头子清水利一坐镇指挥,实行"烧光、杀光、抢光"的"三光政策",许多村庄被扫荡一空,群众被迫东跑西散,住进山庄,村内无声无息。昔阳县城周围三四十里村庄成了无人敢出门的"无人区"。原天津市政府顾问、党组副书记毛昌五同志,是参与开辟昔西抗日根据地的昔西县县长。他说,八路军太行二分区就在昔西,日军为集中兵力对付,敌我斗争更为残酷,制造了一系列惨案。

西峪惨案就是在这样敌我斗争最残酷环境下发生的。这个村地处平辽公路东侧,是昔东、昔西的交通要道,又是八路军武工队经常出没的地方。处在敌人的包围圈中。但是由于在抗战初期就建立了共产党和抗日组织,形成强大的抗日阵容。《西峪血泪》艺术地再现了西峪村群众主动配合八路军作战,培养和锻炼出一批坚强的革命战士。有在敌人酷刑下不屈服的硬骨头刘马小,有在敌人枪刀之下,为掩护群众壮烈牺牲的女英雄。当清水利一为抓不到共产党员而恼羞成怒,吼道"统统死了死了的!",指挥部下殴打群众,在这紧要关头,妇救会主席刘金荣大声喊"住手!",并冲出来,说:"我就是共产党员,我就是村干部,要杀就杀我,不要伤害群众!",清水利一也不得不佩服这位女英雄的骨气。

正因为对敌斗争中有一批宁死不屈的共产党人,激发起群众对敌斗争的勇气。在清水利一指挥杀害我们的抗日战士时,共产党员王运来竟高声呐喊:"乡亲们,宁可站着死,绝不跪着活!",领着群众赤手空拳与持刀枪的敌人搏斗。其场面多么壮烈!它向世人宣布:中华民族是不可征服的。

日本帝国主义侵略中国,据统计,全国死亡达3500万人，财产损失4000亿美元。这是日本帝国主义给中国人民造成的深重灾难。这些侵华日本战犯理应受到应有的惩罚。

1956年6月10日至20日，我国最高人民法院在太原组织特别军事法庭，审判在太原战犯管理所关押的9名日本战犯。我参加了新华社组成的报道组。法庭设在太原海子边礼堂。这些日本战犯多数曾驻扎在山西各地担任日军指挥官，有的命令或指挥所属部队残杀无辜居民，制造骇人听闻的惨案；有的命令所属部队或亲手抓捕、杀害我抗日军政人员，抢劫掠夺无辜居民的粮食财产。根据这些战犯所犯罪行和悔罪表现，审判长朱耀堂宣布了对9名战犯的严正又宽大的判决、判处有期徒刑。我极力寻找战犯清水利一未果。这个潜逃的罪大恶极的日本战犯虽是缺席，也理所当然受到历史的审判。

在审判战犯的法庭，战犯菊地修一在受害幸存者控诉他活埋11位农民暴行时，低头认罪，连声说："请严惩我吧！"，60岁农妇党翠娥，痛诉永富博之把她三个女儿、两个侄女和三个邻居老人纵火烧死时，她揪人心肺的哭诉声，震撼着审判大庭。永富博之在众目睽睽之下，跪倒在地，叩头谢罪。

日本一位叫熊谷伸一郎的记者从1999年至2009年采访了200名侵华战争老兵，记录了日军在中国的暴行。老兵永富博道说："我们把抓来的中国人关进牢房，不给他们吃东西，让他们在自己的牢房大小便，用棍子打他们，用水和火折磨他们，然后在牢房后面的空地上处死他们。我一个人就用这种方法杀死了100多个中国人。"另一位89岁的腾田松吉张开没牙的嘴道："我们只能杀人，杀人，杀人。我们杀

死了中国小孩,杀死了他们的妈妈,杀死所有的人。我们接到上级命令,只要他们是中国人,不管好坏,都要杀光。"记者熊谷伸一朗写道:"战争让日本人变成禽兽。"但是直至现在,日本一些政要仍不谦虚反思历史。不承认他们的侵华罪行给我国人民带来极大的损害和痛苦。日本航空自卫队前幕僚长田母神俊雄因撰文说:"认为我国是侵略国家,这真是冤枉。"(参考消息2008年11月5日),日本侮辱被侵略的亚太各国,正是"大日本皇军"死灰复燃的狼子野心冰山一角。妄图把军国主义合法化,为"皇军"侵略罪行翻案。日本军国主义侵华是否被"冤枉"?

请这位幕僚长也读一读《西峪血泪》。

范银怀(昔阳县南瑶村人,曾是新华社资深记者)

2015年7月30日于天津

人物表

陶鲁笳，时任昔东中心（辖平东、昔东、和东三县）县委书记。

周　壁，时任昔东中心县委组织部长兼昔东县委书记，昔东县地方武装联合指挥部政委。

王运德，时任昔东县抗日政府农会主席。

李端亨，时任昔东县一区区长。

孙家吉，时任中共昔东县委前方办事处主任兼一区区长。

李政明，时任昔东县抗日政府财粮科科长。

王　录，时任区武工队长。

宋琦云，时任西峪村第一届村党支部书记。

陈子万，时任西峪编村村长、西峪村牺牲救国同盟会书记。

刘金荣，时任西峪村妇救会主席。

白福元，时任西峪村动委会主任。

王本祥，时任西峪村工会主席。

王计所，时任西峪村民兵自卫队队长。

白景福，时任西峪村青救会主席。

白希盈，时任西峪村农会主席。

王殿义，时任西峪村牺牲救国同盟会会长、第二届村党支部书记。

王运来，西峪村共产党员。

刘风鸣,时任西峪村长(维持会长)。
白运祥,西峪村地主。
王有和,西峪村地主。
白守财,西峪村地主。
白玉洁,白守财女儿。

清水利一,日军驻昔阳负责人。
渡边一郎,三都据点日军队长。
王三和,三都维持会会长。
田计科,三都棒棒队队长。
王运通,原是我昔东抗日政府一区工会干部,后投敌叛变。
郭银周,原是我昔东抗日政府工作人员,后投敌叛变。
翟启元,三都伪军警备队队长,后投诚起义。
王丙午,汉奸,地主王有和大儿子。
李维祥,伪组织"新亚会"成员。
翟小凤,汉奸,李维祥妻子。
王　通,三都村伪干部,兼任一区"新亚会"负责人。
赵来喜,昔阳县城"留置场"所长。
李孝沂,原是我昔东抗日政府粮秣办主任,后投敌叛变。

目 录

引　子	001
庙　会	004
火　种	009
沦　陷	013
走　访	018
说　书	024
返　村	028
建　党	034
发　动	039
战　斗	043
较　真	050
出　山	055
遭　难	060
出　嫁	065
受　虐	070
横　祸	074
闹　丧	078
挽　救	082
砍　旗	088
深　情	095
换　人	100

铁　骨	105
除　奸	112
血　债	118
智　擒	123
争　辩	127
送　饭	131
伏　击	135
情　报	140
认　亲	145
捉　奸	149
碰　壁	155
告　密	158
进　村	162
抗　争	168
牺　牲	172
屠　村	176
旧　恨	180
新　仇	185
抉　择	191
参　军	195
后　记	199

引　子

　　西峪，太行山上一个宁静的小山村。村子位于昔阳县城西南 25 公里处，周围山峰皆为蔡岭山余脉。村北两座大山是大垴山和井垴山，村子建于这两座山的阳坡上，坐北朝南；村南两座大山是寨垴山和高皇寨岭；村西是十四道岩；村东是一片开阔地。发端于十四道岩的西河，绕着村南缓缓流淌，然后在村子东边的东寨村与发端于和顺县的阳泥河汇合，一并流入杨赵河。西峪村的架构，就是两山夹一沟，头顶十四道岩，很有二龙戏珠的架势。

　　这是一个有着悠久历史的村庄。其历史最早可追溯到唐朝"安史之乱"时期，唐朝大将郭子仪的侄子郭胜当时镇守固关，史思明攻打太原城，经过固关，郭胜被史思明打败后逃到乐平（昔阳旧称）一个叫华池村的地方定居下来。金泰和五年（1205），阳泥河一场洪水把村子冲毁殆尽，幸存者分居于原村址周边，明洪武十三年（1380）六月十六日，离华池村西半里之地，建起新庄，村中名士题村名"西峪"村。

　　在西峪村西北面的山坡上有一座大庙，里面供奉着三位神仙，人们称之为三霄仙姑，即封神演义中三仙岛得道成仙之云霄、琼霄、碧霄。后被敕封感应随世仙姑正神之位，专司天上人间转劫化生之职。在大庙的下面有一口井，虽然井不深，但常有活水，水位一直保持在同一位置，假如一直掏

水,水也不会少;不掏水的话,水也不会变多,所以这个地方就叫作"井洼"。

关于这个"井洼",还有一个美丽的传说。有一天,这儿来了一个和尚,在大庙拜神之后到井里捉走一只蛤蟆,装在了他的布袋里,然后扬长而去。和尚走到三都村香水沟的时候,这只蛤蟆从布袋里蹦了出来,跳进了石缝里。和尚急忙去捉,但是已经迟了,蛤蟆在石缝里不见了。和尚等了一会儿,忽然石缝里流出一股水来,这就是三都村香水沟的活水。自从和尚把蛤蟆捉走之后,大庙下边的这口水井就干枯了,即使雨水丰沛之年也见不到一滴水。后来西峪村缺水只好到路家峪、三都村引水,办法是从河沟开渠,垫土引水。奇怪的是,路家峪距离西峪村只有五里地,但是水从来都引不到西峪村;相反,三都村香水沟距离西峪足有十里地,水却可以引到西峪,解决了西峪村民吃水的难题。自此以后,人们都说三都村香水沟的水其实就是西峪村"井洼"的水。

也许,西峪村悠久的历史无人知晓,更无人去专门考证。

也许,西峪村这个动人的传说也只停留在健在的老人口中。

现在,人们说起西峪这个村子,更多的内容还要缘起村中的一座纪念塔。在西峪村中央,巍然矗立着一座烈士纪念塔,塔身上镌刻着叶剑英元帅亲笔题写的"西峪惨案烈士纪念塔"九个遒劲有力的大字。

这座纪念塔,记载着 74 年前这个村子经历的一场血雨腥风。

这座纪念塔,记载着西峪村光荣的革命传统和为抗战事业做出的贡献。

这座纪念塔,承载着西峪人永远无法弥合的伤痛。

引 子

  今年,是伟大的抗日战争胜利 70 周年。74 年过去了,当年惨案发生时,襁褓中嗷嗷待哺的婴儿如今也已经成为挂杖而行的垂垂老者;当年惨案中的幸存者,如今早已凤毛麟角,屈指可数了。

  在这个值得纪念的日子里,让我们穿越历史时空,再次回到 70 多年前那个艰苦卓绝的抗战年代,再次重温西峪这个小山村发生的不屈的抗争、艰苦的战斗和惨烈的牺牲……

庙 会

  太阳热辣辣地挂在天上，远处的田野里整齐地排列着一块块玉茭、谷子，在通向西峪马路两边的沟沿上长满了枝叶茂密、一人多高的紫穗槐，沟里则布满了密密麻麻的灌木。偶尔有一两只山鹰在连绵起伏的山顶上和深谷间盘旋，时不时地"嘎嘎"叫几声，给寂寥的大山更增添了些许的落寞和清冷。

  沐浴在阳光中的西峪村，此刻正安然地躺在大山的怀抱里，现在正值一年中雨水最为丰沛的时候，村前的西河，河水正欢快地向前奔腾着。西河两岸，青砖蓝瓦的大宅院以及低矮破旧的小茅屋依着高高低低的山坡地势，杂乱无章地散落分布着。

  1937年8月22日，对于我们整个中华民族来讲，它是一个值得铭记的日子，中共中央在陕北洛川召开政治局扩大会议。洛川会议是中国共产党在历史转折关头召开的一次重要会议，它明确了中国共产党在抗日战争时期的主要任务。

  而对于西峪这个小山村来说，这一天是一年一度赶庙会的日子。据说，西峪村井洼西咀的三霄娘娘庙很灵验，每到赶庙的日子，三霄娘娘庙前香火不断，烟雾缭绕，十里八乡的善男信女，络绎不绝。

  最热闹的要数戏台前的广场了，卖西瓜的、煮油果的、拉面的、打把式卖艺的、耍猴的，摆摊儿算卦的、卖大力丸狗皮膏药的，卖农具的，应有尽有，不一而足。

在接近村口的空地上，聚集着一群人，里面锣打得"咣咣"直响，不时传来喝彩声，原来是打把式卖艺的。一个穿着满是补丁的花格衣裳，扎着两根小辫的女孩正在翻筋斗，一个衣裳稍显单薄，紫铜色脸膛的老人正在舞刀，旁边还有一个脸上麻麻坑坑，很是丑陋的女人在敲着锣。四周有人叫好，有人拍手，还有零星的铜板落在地上的"叮当"声响。

西峪有一个爱闹红火的传统。早在民国十四年（1925），就请晋剧名家贾毛旦（艺名"糠面红"）为村里培养了三十多人的包括文武前场各类演员在内的晋剧嗜好班。又于民国二十一年（1932），请北界都村武术高超的宋福元，为村里培养了三十多人的武术队，一到村里赶庙会的时候，晋剧嗜好班和武术队便成了闹红火的主力军。

在官房前的一片空地上，村里的武术队正在表演。全是一帮子年轻人，又大都是扛长工的。他们不闹什么穿戴，个个都是光脊梁，全上的是真刀真枪。他们耍到哪里，人们就拥到哪里，围个水泄不通。人们都说："真不愧是宋福元教出来的徒弟，个个打得真是干净利落。"王金贵的滚刀和绳鞭，更是吸引人眼球。他拿着两把单刀，飞滚起来以后，人们端着水，都浇不到他身上。这时，你看人们那股高兴劲，又打口哨，又连声喊叫："好！好！"

地主白守财老婆孙翠英和女儿白玉洁，也赶了这场庙会。娘儿俩坐在一堵高墙上，场上的一举一动看了个清清楚楚。王金贵出场时，白玉洁一眼认出来了，那就是父亲白守财用的长工。看到王金贵浑身武艺，论人样，又是方方正正的好后生，人们正在连声叫"好"的时候，她心上一晃，想

到:"自己要是找上这么个男人,也就称心如意了。"她想到这里,脸蛋一下子就涨了个通红,又觉得周围的人,好像都在偷瞧她。她羞答答地低下头,又瞟了一眼娘的脸。

知女莫若母,女儿的这一细微举动,孙翠英这个心细如发的女人早就观察到了,现在她正想着心事:"女儿大了,心也开始野了,该给她找个婆家了。"

官房对面戏台上,村里的晋剧嗜好班主唱的晋剧《打金枝》此刻正唱得热闹:

在宫院我领了万岁的旨意,
上前去劝一劝驸马爱婿。
劝驸马你休发那少年的脾气,
国母我爱女儿更疼女婿。
我的女不拜寿是她无有礼,
你不该吃酒带醉,怒气冲冲,进得宫去打骂你妻。

不愧是昔阳县的名角"糠面红"带出来的徒弟,唱、做、念、打,样样到位,特别是唱功上,声音清脆,字正腔圆,节奏鲜明。戏台下挤满了人,最前面的是一群老戏迷,中间是富绅大户人家的一架架大车,占据了最好的位置,上面坐着乡绅以及他们的家眷。

就在人们看得津津有味的时候,忽然,两个男青年跳上戏台,让正唱得起劲的"皇后"不知所措,演出被迫中断。其中一个男青年开始向台下看戏的人群抛撒怀里抱着的传单,此人中等个子,个头虽然不高,但健壮敦实,行动敏捷,再仔细一看,方形的脸盘,宽阔的前额,黑黑的眉毛,

庙 会

隆起的鼻子下面是一绺潇洒的黑胡须。从长相和穿着上看，给人一种威武雄壮的感觉。与此同时，另一个男青年大声疾呼道："父老乡亲们！大家静一静！"

很多人还沉浸在《打金枝》的剧情中，很不情愿地把目光落到了台上两个男青年身上。只见大声疾呼的这个青年二十七八岁的年纪，长着一双稍微细长，但像沉静的潭水一样深不可测的眼睛，双眉浓密如剑，鼻梁挺似刀削，紧抿着的嘴唇如雕塑一般棱角分明，浑身上下透出一股儒雅的书卷气息，仔细揣摩，他的骨子里还隐隐散发着一股坚定而果敢的勃勃英气。

"这不是咱村王运通、王运德兄弟俩吗？好长时间不见了，这是从哪儿蹦出来的？戏正唱得好好的，跑到戏台上干啥呀，真是的。"

"为什么要耽误咱们看戏啊？真是吃饱了没事干了？"

台下的观众里发出嗡嗡的议论声，有人大声斥责轰他们快下台。

"父老乡亲们！"男青年大声喊道，"日本帝国主义的铁蹄，已经占领了我们中国东北、华北大片国土，无数同胞正在饱受小鬼子的蹂躏和残害；可是，乡亲们竟然还在麻木地赶庙会、看大戏，沉浸在歌舞升平之中！太令人痛心了！"

"乡亲们！就在一个多月前，也就是7月7号，日本帝国主义者制造了卢沟桥事变，向中国发动了全面侵略战争。事变发生的第二天，中国共产党就向全国发出通电，呼吁'平津危急！华北危急！中华民族危急！'，指出'只有全民族实行抗战才是我们的出路'。但国民党政府却推行一条消极的抗战路线，他们不敢动员民众，在日军的大规模进攻面

前犹豫动摇，致使北平、天津等地相继沦陷。我们的家园，已经面临着被日本鬼子随时践踏蹂躏的危险境地。我们刚刚得到消息，也就是在今天，大家记住这个日子，中共中央在陕北召开了洛川会议，明确了中国共产党在抗日战争时期的主要任务。中国共产党才是抗战的中流砥柱！"

"从东北到华北，日本鬼子占我土地，杀我同胞，坏事做绝。鬼子所过之处，无村不被烧杀，无人不戴孝。我们还能这样麻木和隐忍下去吗？我们就这样任凭日本鬼子践踏和宰割吗？不能！同胞们，父老乡亲们！中华民族已经到了最危险的时候，东方睡狮该觉醒了，我们每个中国人都有义务和责任，拿起武器，奔赴战场，用一腔热血和日本侵略者血拼到底，有钱出钱，有力出力，誓死捍卫我们的美好家园，夺回属于我们中华民族的每一寸神圣的大好河山！"

男青年热血沸腾的演说，渐渐赢得了台下看戏百姓的积极响应，大家群情激奋，有人振臂高呼起口号来："打倒小日本！""把小鬼子赶出中国去！"

"我操小日本八辈祖宗！"这时，从接近村口的位置发出这样一声糙骂，把大家的目光给吸引了过去。只见在村口舞刀卖艺的那位老人停下了表演，手里握刀，眼睛里喷着怒火，一副愤愤不平的样子。接着，老人便向周围的人讲述起自己的身世。原来这一家子来自东北，日本人占了东三省后，他们便进了关内，开始了卖艺流亡的生活。老汉讲完后，博得了人们的同情，地上又响起了铜板落地的"叮当"声。

火　种

　　就在王运德激情演说的同时，在地主白运祥家的打谷场上，却是一派热火朝天干活忙碌的景象。

　　常言说得好，二八月难坐街，太阳地里晒，背阴地又冷。地主白运祥家的打谷场上，四边摞起里三层外三层一墙高的谷垛，长工短工们仨一群五一伙，坐在谷垛下闲聊。干瘦干瘦的脊背，晒得发紫流油，手牵滚场骡子的缰绳，不停地加鞭。白运祥的管家招呼大家，说："伙计们，又该打一遍了。"大家应声而起，一个长工伸伸懒腰，说："吃上王八蛋的饭，敢不给王八蛋干。"

　　脸上永远也看不到笑容的王殿义，也站起来拍拍屁股上的土，长长出了口气，说："滚场的骡子是鞭赶着跑的，咱是看不见的鞭子——命运赶着你转的，不干有什么办法！"说着举起了连枷，大伙面对面排成两行，"砰呀啪呀"，横走着来回打着。

　　整整忙碌了一个下午，终于挨到太阳落山的那一刻。

　　"收工了，收工了！"白运祥的管家喊道，长工们这才拖着疲惫的身子，各回各家。

　　王殿义百无聊赖地哼着几声小曲，径自往自家门口走去，这时他发现对面走过来两个人，觉得有点面熟，定睛一看，是本村的王运德、王运通兄弟俩。

　　"你们兄弟俩，真是稀罕，都到家门口了，进来坐会儿

吧。"

"殿义大哥,看你身子骨挺硬朗,过得还好吧。"

"好球啥呢,我们的血快要叫地主老财给吸干了。我们家世代给地主扛长工,感觉咱就是鸡儿命,刨搜了一天算一天,人越往前走越是没盼头。哥我知道,你们兄弟俩读过书,见过世面,你说今后像哥这样的人能有好日子过吗?"

王运德端详着王殿义,愤愤不平地说:"地主老财们,把煤窑、土地、庄产,统统霸到他们手里,成为压迫咱穷人的资本,让穷人活着吃糠咽菜,死后席片一卷。人家是好吃好穿不干活,咱穷人是受死受活辈辈穷。你说这是个什么道理?"

没等到王殿义张口,王运德又自问自答地说:"还不是仗凭人家有钱有势!"说到这里,他又把怎么就出了贫富不一般的阶级,穷人为什么要起来革命,世道潮流为什么要变化,给王殿义说了一大通。

王殿义听了,觉得很新鲜,王运德讲得实在是头头是道,句句入耳中听,他自言自语念叨了好几遍:"阶级,革命……"又恍然大悟地说:"原来敢情是这阶级在作怪,那咱们生个什么办法,就能一下子打倒这个阶级?"

王运通这时接过了话茬,说:"心急吃不了热豆腐,唱戏还要有个过场,闹革命这事情,更是得一步一步来。眼下就要先打帝国主义,在打帝国主义的时候,像地主老财中的恶霸,我们也得收拾收拾他,削削他的尖儿,保住咱穷人利益。就这么一帮一伙收拾他,咱穷人这气势,肯定一天比一天大起来,到时,还愁咱穷人得不了天下?"

王殿义这时想起一件事来,"前几天,三都村抓了一个人，说他是聚众造反的共产党，你说，共产党造反，算不算你刚才说的闹革命？"

王运德说："共产党就是专门领上穷人造反。穷人造反，就是闹革命。"

一听这话，王殿义高兴得眉飞色舞，两手在两膝盖上"啪"一拍，"这一下我可算找见共产党啦！"说完又好好地瞅了瞅王运德兄弟俩，问道："那你俩是不是共产党？"

王运德淡淡地笑了笑，说："共产党可不是那么好当的，也没有那么好找。咱这些人可当不上共产党。共产党要的是革命最坚决的人，还要能为大家办事情，又至死不投降敌人，那可得根好骨头。"

王殿义听了王运德的话，当下就冷了半截儿，低下头，心里说："可去哪里找这共产党？"

王运德也洞察到了王殿义急于革命的心情，这时，他不禁想起了毛主席在《星星之火，可以燎原》这篇文章里说过的一句话，在心上暗暗背诵道："中国是全国都布满了干柴，很快就会燃成烈火。"他好像从王殿义的身上，一清二楚地看到，这种熊熊烈火，已经燃烧起来。

为了进一步调动王殿义的革命积极性，王运德又说："据人们讲，共产党哪里也有。只要咱革命坚决，依我看，说不定共产党也会来找咱们。不要发愁找不到共产党，咱鼻子底下长嘴，一边干，一边还可以多打听。"他还告诉王殿义，往后一帮交心的穷弟兄互相多关照一点，事情要保密，不要走漏风声，总有一天会找到共产党。

王运德又给他讲了一顿斗争方法，说："当下重要的事情，还是要让穷人先懂得革命道理，只有把穷人受苦受难的

怨气鼓起来才好办事,光凭咱这一两个人胆子大、骨头硬,再有天大本领,也还是势单力薄不顶事。"

经过王运德的开导,王殿义的阶级觉悟有了很大提高。送走王运德兄弟俩,他一直在回味兄弟俩说的许多话。这天晚上他辗转反侧,整整一夜没有睡着,恨不得快点把这些道理,告诉给自己那些穷朋友。

同样是在这天夜里,王运德躺在床上,也是久久不能入睡,他在重温着毛主席的文章中的话语:"共产党之所以能够战胜帝国主义和一切反动派,是因为我们唤醒了群众的觉悟。怎样唤醒群众呢?从他们的痛苦和需要中引导他们组织起来,引导他们向土豪劣绅争斗,引导他们参与反帝国主义反军阀的国民革命运动。"

默诵到这里,王运德心里想:"毛主席讲得真好呀!通过阶级分析,激起劳苦大众的阶级仇恨,唤醒群众的阶级斗争意识,引导他们为本阶级的利益而斗争,这是具有决定性意义的一步。"

沦　陷

七月十七庙会后的三个多月时间里，西峪村的人才真正感到王运德、王运通兄弟说的话没错。赶到秋后，这一带的情况，也就一天比一天吃紧起来。阎锡山的军队，连明彻夜往和顺方向撤退，沿路又抓民夫又拉差，得抢就抢，得夺就夺。

村里的人们不知道，此时华北大地正处于"山河破碎风飘絮，身世浮沉雨打萍"的时期……

1937年10月10日，石家庄失守。

10月26日，娘子关失守。

10月29日，平定失守。

10月30日，在几架轰炸机的掩护下，日军两千人在第一三六联队联队长清田悟大佐的带领下，不可一世地从九龙关下通过，饱经苍桑的九龙古关无奈地看着这一切，任由日寇的铁蹄在自己世代守护的这片土地上蹂躏。

11月2日，在八路军一二九师师长刘伯承、三八六旅旅长陈赓的指挥下，八路军伏击了进入昔阳、途经黄岩底的日军，打了一个漂亮的伏击战，真是大快人心。

日军遭到重创后，将气撒向了沿途民众，一路烧杀抢掠。沿途的村镇大半被烧，山村里不时传来哀号声、惨叫声、犬吠声和房屋着火的燃烧声……

日本人宫下光盛在其回忆录中写道，在华北参战后，日

军便下达了臭名昭著的柳川兵团特别命令：

1. 发现民宅即刻全部烧光；
2. 不问男女老幼发现人就射杀；
3. 绝对不许饮用有投毒危险的井水或民家的存水；
4. 对一切食物都不可伸手；
5. 本命令必须贯彻到每一个士兵，在下达其他命令之前务必遵守。

这道命令无疑对凶狠暴戾的日军士兵火上浇油，见屋就烧，见人便杀，中国国民的财富，都像野果一样被恣意掠夺。中国国民的生命惨遭杀戮。

临近昔阳城，沿途村庄的大火仍未熄灭，四野散落着百姓的尸体。有位藏在菜地里的老人身体衰弱没来得及避难，被日本人发现了，三个日本兵不知滴咕些啥，扛步枪的那个突然趴在地上瞄准老人开了一枪，没有打中，老人跟跄着逃跑，快要跑到已成废墟的家门旁时，另一个日本兵接过步枪，瞄准老人扣动了扳机，老人仰面朝天倒下了。日本兵哄笑起来……

此时，昔阳城内一片混乱。国民党昔阳县政府内，县长阎聚宝站在大厅内，他的手下官员、太太、姨太太恐慌地用恳求的目光看着他，喊道："县长""老爷""快跑吧！"

阎聚宝看看满地的装满财物的箱子，再看看自己坐过的宝座，命人打开几个箱子，里面全是现大洋，说："分了吧，各自逃命去吧！"在场的人一轰而上，准备分抢财物。

这时，从门外传来一声"慢着，别动！"，大家一起回头看去，一个二十多岁，头带一顶八路军军帽，身穿便服，腰里扎着腰带，腰带里别着一把手枪的人从门外大步走进来，来人正是昔阳县游击队副队长李芝实。李芝实走到阎聚宝面前,用严肃的目光看了看这位落魄的县长大人。

李芝实一字一句地说:"身为中国人,身为父母官,阎县长哪有置百姓于不顾,独自逃命的道理?!"

阎聚宝不以为然地反问道:"日军都进城了,我们不能白白送死,你们共产党人说得好,可是用什么来阻挡日军呀,这不是明摆着白白送死吗?"

"只要我们团结一切可以团结的力量,坚决抵抗,就一定会打败日本帝国主义!"李芝实用坚定的语气回了一句。

"没功夫听你胡扯!"阎聚宝对自己的手下及太太、姨太太说,"我们走!"

李芝实用一只脚将装着现大洋的箱子盖盖上,随后踏在上面,说:"既然阎县长去意已决,我不强留。可是这些财物是百姓的血汗钱,不是你的私产,你不能带走,留给抗日用吧!"

阎聚宝狠狠地瞪了一眼李芝实,拂袖而去,县政府大小官员和阎聚宝的家人一轰而散。

日军在飞机的掩护下进入昔阳城,先用山炮向城内"轰隆""轰隆"放了几炮,城内火起,一片民房被炸毁。

他们为了炫耀武力,挖空心思安排了旨在威慑昔阳人民的入城式:身着黄呢军服的鬼子兵,腆着肚子,挺着胸脯子,一个个都是拧着眉、瞪着眼,故意显示着一种狰狞的恶煞神气。

在汽车隆隆、马达嘟嘟、马蹄嘚儿嘚儿声中,这伙杀人恶魔从南门梯云阁,穿越上城街时,先有一名农夫躲闪不及被轧伤,蓦地又从一家小吃店里窜出来一条狗,狗因受惊钻

入汽车下，左躲右闪，终于在车轮下血肉横飞。

小吃店里坐着女老板，在狗儿惊慌窜出时，她探出脑袋。"狗儿狗儿"地呼唤，正巧被前面一名戴钢盔的鬼子小军官瞧见，军官朝她开了两枪，当场将她打死。几个汉奸点头哈腰，手里摆着小块太阳旗，生硬地说着"一拉下一马赛！（日语：欢迎光临）"

1937年11月5日，昔阳县皋落镇。周围万山红遍，层林尽染。依旧沉浸在粮食丰收喜悦中的人们，一大早就往镇中心的广场上拥去，因为这一天昔阳县的历史将翻开新的一页——八路军一二九师挺进太行帮助创建的第一个抗日县政府，今天就要在这里诞生了。

在皋落镇广场上，已经搭起了一个临时的舞台，舞台上彩旗招展，四周的墙上贴满了写有"中国共产党万岁！""抗日民主政府万岁！""抗战到底！""抗战必胜！"等标语。

舞台前围满了男女老少，台上李芝实正在讲话。他说："日本帝国主义侵略者已把铁蹄踏到了我们昔阳，只有打败日本帝国主义，抗战胜利，我们才有希望获得解放。中国共产党领导的昔阳县抗日民主政府今天成立了！在今后的岁月中，抗日政府会领导大家抗战到底！我们要拥护中国共产党的领导，团结一切可以团结的力量，把抗战进行到底，胜利一定属于我们！"场下顿时响起一片欢呼声。

几天后，在皋落镇寺庙的一间房子里，昔阳县工委书记赵武成正在主持赵邦汉、焦玺铭、赵文彬三人入党。房内一片漆黑，正面墙上挂着一面党旗，赵武成、马希贤、陈颉宇、赵邦汉、焦玺铭、赵文彬面向党旗，赵武成举起右手握拳，随后其他同志也举起右手握拳。

赵武成领誓道:"我志愿加入中国共产党,拥护党的纲领,遵守党的章程,履行党员义务,执行党的决定,严守党的纪律,保守党的秘密,对党忠诚,积极工作,为共产主义奋斗终生,随时准备为党和人民牺牲一切,永不叛党。"赵武成念一句,其他同志念一句。念完后赵武成宣布:"皋落党支部今日成立了,由赵邦汉同志任支部书记。"并和三位新党员一一握手表示祝贺。

送走三位新党员后,赵武成、马希贤、陈颉宇三人继续开会,赵武成说:"西峪村战略位置十分重要,南北两面高山直立,中间夹着一条河道,西面通往三都村,东面顺杨赵河通往凤居,是三都至凤居村之间的交通要塞。鉴于西峪村的位置重要,离几个村镇也不算远,地形很有利,进可攻,退可守。我们下一步开展对敌斗争的重点将放在这个村子,要派一名党性很强的同志去那里开展工作,大家议一议,看看有没有合适人选?"

屋子里陷入了沉默,赵武成围着桌子踱着步,脑海中筛选着合适的人选。马希贤、陈颉宇则坐在一起商量着。这时,赵武成突然回头走向马希贤和陈颉宇,兴奋地说:"我看有一个人可担此重任。"大家把目光同时投向了他。

赵武成一字一句地说:"陈——子——万"。

马希贤和陈颉宇对视了一下,相互点点头,表示同意。

赵武成接着说:"好,那就让陈子万同志以教书为名,兼任12个村的编村村长,到西峪村发展牺盟会,秘密组建党组织。"

走 访

1937年12月7日,天气阴雾雾的,偶尔还飘着几片雪花。

在凤居通往西峪村的土石路上,一个人在匆匆地赶路。那人头戴一顶黑梭壳小帽,身上穿着肩膀有补丁的衣服,细高个子,大约有二十岁左右,用一根木棒挑着一卷行李。来人便是陈子万同志。

进到村里,一阵西北风吹过,临近的房顶上不时有草叶掉下。整个村庄灰塌火熄,死气沉沉,只能听到几声狗叫声,没有人走动。快过年了,这里却没有一点过年的气氛。

陈子万径直来到村公所,推开门,探进头去。这时从屋内走出一个人来:"你找谁?"

"我叫陈子万,黄岩底村人,我是来教书的。"

屋里的人笑着迎了出来,"你就是陈先生啊,我是这个村的头前人(负责人),我们盼你好久啦,你可来了。来来来,我领你到学校看一看。"

陈子万跟着头前人走出村公所拐了几个弯,来到学校前面。学校的院墙有几处已经塌陷,学校也只是三间破瓦房,用几根木棍挡在窗户上,窗户纸已有破裂,破裂的窗纸随风在空中摇曳。

头前人对陈子万说:"都是日本鬼子弄得,唉!"

在村公所的土炕上,放着一张小桌子,桌子上放着三个瓷碗,中间碗里放着几个窝头,其他两个碗里盛着带有几片菜叶的汤,陈子万和头前人正在吃午饭。

头前人一边吃饭,一边对陈子万说:"村里条件不好,将就着吃点东西。你休息就住到王殿义家。"吃罢饭后,俩人朝王殿义家走去。

陈子万对头前人说:"离过年没几天了,我就不计划开课了,先熟悉一下村里的情况,过了年正式开课。"

头前人说:"就依先生说的办,先不用着急开课,和村里的人走动走动,以后就成了咱村里的人啦。"

王殿义家是一个独门小院,正北面是两眼窑洞,东面是一个用木棍和茅草搭成的简易棚子,周围是用石块垒成的围墙。

头前人领着陈子万来到王殿义家的院子中,朝着窑洞内喊道:"有人在家吗?"

这时,"咣当"一声,窑洞的门打开了,王殿义迎了出来说:"头前人来了?"

头前人拍一拍陈子万的肩膀,对着王殿义说:"这是新来的陈先生,给咱们村的孩子们教书,就先住在你家。陈先生过年前就不开课了,吃住在你家,村里给你些补助,到明年开学后再在学校起灶。"说完,头前人离开了王殿义家。王殿义领着陈子万进了东边的那眼窑洞,安排停当。

第二天早晨,天刚蒙蒙亮,陈子万就起床了,来到院中,拿起扫帚开始清扫院子。王殿义从西屋开门出来,走向陈子万,嘴里说道:"怎么敢劳先生扫院,我来我来。"说着便伸手去抢陈子万手中的扫帚。

陈子万用手一挡,说:"咱们不是一家人么?我不干活

就不像一家人了。"俩人对视一下,哈哈地笑了起来。

吃过早饭后,陈子万来到村公所,找到头前人说:"反正闲着没事,你能给我说说村里的情况吗?"头前人说:"好吧!咱们西峪村有230多户,800多口人,全村分白、刘、王三个大姓,三大姓氏占全村人口的绝大多数。有2000多亩耕地,土地肥沃,除6家富户外,大多为贫苦农民。"听完头前人的介绍后,陈子万起身,对着头前人说:"我到村里去串串,你先忙你的吧,有时间咱们再聊。"

陈子万来到一户人家前,光秃秃的院子,没有围墙,北面有几间瓦房。陈子万走进院子,屋里的人听到声音后开门出来,一脸惊奇的样子,激动地说:"这不是陈先生吗?你怎么来了?我家连个像样的坐的地方都没有呀!不敢请你进屋啊!"

陈子万笑着说:"老哥,兵荒马乱的,能有个自己的家就不错了,我们都是一家人,快别说客气话了。"说着从院外搬两块石头放在院子里,用手指一指,说:"老哥哥,来咱们坐下说。"

房东说:"我哪敢和先生平起平坐呀,你坐着,我还是站着回话吧。"

陈子万起身用双手将房东扶过来,并扶他慢慢坐在石头上,然后自己也坐下来。房东紧张得手足无措,哆嗦着从腰间摸出烟袋,用火镰打着火,"吧嗒吧嗒"地抽了起来。

陈子万看了看,笑着对房东说:"老哥哥,我就是一个穷教书匠,孩子王,也是穷苦人出身,咱们都是一样命苦的人。"房东像是听错了一样,一脸的诧异,睁大眼睛仔细端详着陈子万。

陈子万伸出双手去要烟袋,说:"老哥哥,我来两口。"房东赶紧往回撤,口里说道:"使不得,使不得。"

"老哥哥,我在我家里有时也抽这个,没关系,没关系!"

房东还是不信,不自觉地松开了双手。陈子万接过烟袋,像模像样地"吧嗒吧嗒"抽了起来。房东站了起来,用双手握住陈子万的手说:"果然是和咱一样的人,教书先生也有好人呀!"

陈子万说:"老哥哥,我住在王殿义家,我常给村里人说故事,有空你也来听听。"说完把烟袋还给房东,用手指一指院外,"我再去别人家串串,有空我再过来坐。"说罢起身离开,房东目送着陈子万远去,嘴里自言自语地说道:"有空再来!"

在村东头有一处宅院,是个两进两出的院子,坐北朝南,后院正北面是个两层建筑,下面是五孔窑洞,石头砌面,大门大窗,窗上是明净的大玻璃;上面是一排房子,很有气势;东西两面是厢房;南面中间是一个大厅,大厅通前后两院,大厅两边是低于大厅的回廊;前院宽敞,用平整的石板砌院;东西南都是房子,有的是下人的住所,有的是仓库,还有其他用房;在西北角上有一处高于其他房屋的大门,两扇朱漆大门紧闭着,大门的额头上有一块木匾,上书两个蓝色的大字"白府"。这里是西峪村首富地主白运祥的宅院,与周围的民宅形成了鲜明的对照。

陈子万迈着坚定的脚步,向地主白运祥的宅院走去。来到大门前,抬头仔细地看了看匾额上的"白府"两个蓝色大字。向前两大步,伸手扣响了朱漆大门上的吊环。"啪啪,

啪啪"几声响过后,大门"吱呀"一声打开一道缝,从里面伸出一个戴着瓜皮帽的脑袋,说了一声:"你找谁?"

"我是新来的教书先生,叫陈子万,来拜访你家主人,你给通报一声。"戴着瓜皮帽的脑袋收了回去,将大门闭上。

不一会儿,大门"吱呀"一声重新打开,白运祥在佣人的簇拥下从大门里出来,双手抱拳对着陈子万说:"陈先生来了,快请快请。"

白运祥中等身材,敦实个儿,年纪五十挂零,由于他平素保养得不错,真是红光满面,膀宽腰圆,很像个清朝的小武举。

陈子万跟着白运祥进了大门,来到会客室。会客室在中央大厅,大厅中央有一面两丈多宽的屏风,屏风前有一张桌子,桌子两边各摆着一把太师椅,屏风正中央有一幅虎啸山河图,图的两边是一副对联,左联是"龙吟天上云海随",右联是"虎啸山间松涛应",横批是"龙腾虎跃",其余两边摆着一些锃光瓦亮的家具坐椅和瓷瓶瓷罐。

白运祥和陈子万落座后,白运祥朝外喊了一声:"上茶!"一个佣人托着盘子应声而入,盘子上有两个带盖的茶杯,佣人将茶杯分别放在白运祥和陈子万的面前,白运祥对着陈子万说:"先生请用茶。"

陈子万端起茶杯,用盖子轻轻地拨了两下,喝了一口茶水,将茶杯放在桌子上,口里说到:"好茶!好茶!"

白运祥说:"先生是见过世面,又有文化的人,一定知道不少关于日本人的事了。听说日本人,不分贫富,见人就杀,是真的么?"

"是真的,日本人霸占中国,他是不管贫富的。"

白运祥又对陈子万说："我家几辈子辛辛苦苦创建了这份家业，想把这份产业稳稳当当留给子孙们，如今日本人来了，恐怕没有清静日子过了！"讲完话长叹一声。

"日本人已经打到了家门口，中国已无世外桃源，想过与世无争的太平日子，恐怕是事与愿违了。我看你也是饱读诗书之人，国家兴亡、匹夫有责的道理一定也知道。你看现在的中国，连一张书桌都难以容下，哪里还有清静之地。赶不走日本人，不要说财产，连命也保不住。"

白运祥叹口气说："唉，谁说不是呢？可如今有什么办法呢？"

陈子万压低声音说："听说共产党八路军主张抗日，搞统一战线，倡导抗日不分贫富，不分老幼，不分男女，不分先后，有钱的出钱，有力的出力，有人的出人。你是开明之士，要想办法为抗日出力呀！"

"我也听说过共产党八路军，可眼下去哪里找啊？"

"前些日子，八路军在我们黄岩底和日本人打了一仗，听说是刘伯承指挥的部队，说不定在我们昔阳就能找到八路军和共产党。"

白运祥说："但愿早日把日本人赶出中国去，让子孙们能过上好日子，我也好把产业稳稳当当地留给他们。"

陈子万说："我初来乍到拜访你，希望以后多多关照。"

"一定一定，希望先生有空常来。"

陈子万起身告别离去。

说　书

　　太行山上的风是有名的，要刮三省十六州。春天，不刮春风地不开。夏天，不刮东风遭旱灾。秋天，不刮西风籽不来。冬天，吼起北风穷难挨。

　　在西峪这个太行山环抱的小山村，隆冬之夜，寒气逼人，呼啸的北风不时地在山庄窝铺间肆虐着，人们早早地吹灭了油灯，上了热炕，钻进被窝，沉沉地进入了梦乡。但在村民王殿义的家里，却是另一番光景。

　　陈子万盘腿坐在王殿义家的土炕中央，他面前摆着一张破败不堪的炕桌，炕桌上摆着一盏油灯，几块窗户纸糊得不怎么严实，北风不时地灌进来，那一盏豆大的油灯，一跳一跳的，发着昏暗的光。在陈子万的周围，炕上地下挤满了人，好不热闹，原来陈子万在给大家讲《三国演义》里草船借箭的故事。

　　鲁肃伸出头去看，只见他们离曹操的水营已经不远了，吓得他喊道："这可是曹军水营，万一曹军出来，你我的脑袋还不得搬家？"

　　诸葛亮胸有成竹地说："你放心吧，大雾之中，他们肯定不会出兵的。"

　　于是一边和鲁肃喝酒，一边叫军士继续呐喊。

　　这时已经是凌晨了，曹操正在熟睡当中，突然有两员大将进入帐内,说道:"启禀丞相,吴兵来偷袭我军水营,我们怎么办?"

曹操说:"外面情况怎么样?"

二人说:"江上一片大雾,不知道对方有多少人马,请丞相定夺。"

曹操说:"迅速调集两万弓箭手往呐喊处放箭。"

于是,曹军都在水寨边上向诸葛亮的船放箭,一会儿的工夫,船上的草人身上插满了箭,诸葛亮又令军士把船调过头来,让箭往船另一侧射。又过了一会儿,箭又满了,诸葛亮就令军士齐声喊:谢曹丞相箭!

于是600军士齐声喊道:谢曹丞相箭!谢曹丞相箭!

曹操听到后,后悔不已,想派人追赶,可是对方的船凭借顺风已经行出几十里地了。

在回去的路上,鲁肃问诸葛亮:"先生真是神机妙算,可是您怎么知道今天有雾呢?"

诸葛亮说:"为将之人,不懂得天时、地利、人和,不明八卦、不晓天文,不知奇门遁甲,那是庸才。我命系于天,公瑾怎么能害得了我?"说罢,哈哈大笑。

两人一同到江东,命令军士把插在草人身上的箭全部取下来,每只船上约有6000支箭,20只船就有十几万支箭。

周瑜听到这件事之后,暗暗惭愧。

陈子万讲得精彩,人们听得入迷,屏住呼吸,屋子里静得只听到陈子万的声音。好一阵子大家才明白过来故事已经讲完,赶紧拍手。

"大家听了这个故事,有什么想法,大胆地说!"

"这有什么好说的,人家诸葛亮天生聪明呗。"陈子万话音刚落,便有人吵吵了一句。

"我说!"一声清脆的嗓音从人群后传来。一个中等身材、眉清目秀、留着齐耳短发的年轻女子引起了陈子万的注意。

"诸葛亮是聪明,这不假。但我认为,草船借箭这个故事中,诸葛亮说的'天时、地利、人和'更重要。俗话说,三个臭皮匠,顶个诸葛亮。现在,日本鬼子只是一时猖狂,我们占有天时、地利、人和的优势,只要四万万同胞团结一心,就一定能打败小日本。"

"啪啪啪"陈子万高兴地鼓起掌来,"说得真好,你叫什么名字?"

"刘金荣!"

"刘——金——荣"陈子万又一字一顿地重复了一遍,生怕忘记了似的。

这时,人们拥上来,围着陈子万问这问那,久久不肯离去。

张三孩说:"先生明天到我家吃饭吧,我给你做好吃的,你再给我们继续往下讲。"

王四小说:"先生已答应明天去我家了,你靠边站吧。"

刘小妮说:"我说了好几次了,先生为什么总轮不到我家,等到什么时候才能轮到我们家呀?"

陈子万见大家都快吵起来了,便赶紧说:"我来了西峪村,就是西峪人,我不走了,一家一家轮着慢慢来,好吗?"大伙这才像吃了定心丸,各自往各家走去。

待众人走后,陈子万一个人坐在炕上,面对着油灯,回顾着来西峪的这些时日，一件件事情在他的脑海里重演。陈子万自言自语道："我要尽快将来西峪工作的情况，向县委汇报。"说罢，拿出纸笔开始写材料。

刚写罢材料，窗外就传来了几声鸡叫声。陈子万看看窗外，天边已泛起红晕，他一口气吹灭了油灯，下地活动活动腿脚，伸一伸腰背，站在窗前，凝视着远方山头上太阳发出的第一缕光芒。

返 村

　　红彤彤的日头穿破淡淡的云层,在东方慢腾腾地向上爬,一道道耀眼的光线扫破披在大地上的层层朦胧的薄纱,新的一天又开始了。

　　昔阳县皋落镇,现在已是昔东、昔西中心县委和昔东县委驻地。昔东县委书记周壁正坐在桌子前认真阅读文件,边看边圈圈点点。

　　"报告!"

　　周壁抬头看了看门口,大声说道:"进来!。"

　　门帘一挑,陈子万从外面走进来。周壁站起来迎上前去,紧紧地握住陈子万的手,然后风趣地说:"让我来猜一猜,你就是陈子万,赵书记走时特别交待过,说派你到西峪发展牺盟会,组建第二农村党支部。"

　　陈子万点点头,"你就是周书记吧!"

　　周壁笑着说:"看来你我都不必自我介绍了,还是说说你那里的情况吧。"

　　陈子万从怀里掏出写好的材料交给周壁,周壁给陈子万倒了一碗水,说:"你辛苦了,先喝碗水,休息一下!"

　　陈子万双手接过水碗,周壁转过身去,仔细地阅读材料,陈子万端起水碗,一仰脖子"咕咚咕咚"地喝了起来,喝完后把碗放在桌子上,顺便用右手抹了一下嘴。

　　周壁看完材料后,脸带微笑,边看着陈子万,边用握着材料的右手猛击左手掌心,"好!年轻人干得不错。你回去后,可以公开你的身份,放手发动群众,发展牺盟会,组建党支部!"

陈子万激动地对周壁说:"谢谢周书记的鼓励,谢谢组织的信任,我一定完成任务。"

周壁正颜说:"目前斗争形势不容乐观,过了年后,要立即回西峪村开展工作,县委等你的好消息。我也就不留你了,这就动身吧。"说完和陈子万握手告别。

又是一个寂静的早晨,冬日严寒的朝霞透过死气沉沉的迷雾。远处白皑皑的雪一望无际,在山间的洼地和山冈的斜坡上露着星星点点灰色的灌木丛,周围的一切都披着雪衣在沉睡着。

1938年春节一过,陈子万便又回到西峪村。他刚一进村,就听得有人喊了一声:"陈先生回来了。"

人们一下子涌向了村口,把陈子万围在中间,张巧妮说:"天气冷,陈先生在路上冻坏了吧。"

王臭小说:"陈先生,你要不先到我家暖和暖和吧。"

王拉小说:"陈先生,中午到俺家吃午饭,今晚再给我们讲故事吧。"

这时一阵锣鼓声传来,村里的晋剧嗜好班敲锣打鼓,有唱有跳地来迎接陈子万。大家自觉地给陈子万让开一条路,站在陈子万的背后,簇拥着、跳跃着、欢呼着。

一阵热闹过后,陈子万站在一块大石头上,慷慨激昂地说道:"父老乡亲、兄弟姐妹们,日本人占领了昔阳城,他们烧杀抢掠,无恶不作,我们老百姓没有安定日子了。国民党跑了,共产党在皋落镇成立了抗日民主政府,领导全县人

民抗日。我是抗日民主政府派来的,党叫我来组织大家抗日救国。抗日则存,不抗日则亡。大家看看全中国谁在抗日?谁和人民群众生死与共在一起?只有共产党,我们组织起来跟着共产党走是唯一的出路,只有共产党才能救中国呀!"

听完陈子万的话,人们先是议论纷纷,一阵骚乱后,大部分人各自散去。王殿义、王本昌、王本祥、白希盈等人簇拥着陈子万,边说边向王殿义家走去。

陈子万返村的第二天便开课了。

学校在村公所的对面,只有三间房子,没有围墙。教室里有一块黑板,坐着三十多个年龄不同的男女同学,陈子万在黑板上写了三行字,依次是"日本帝国主义侵略中国""只有全民抗战才能救中国""中国共产党是大救星"。陈子万念一句,同学们念一句。朗朗的读书声回荡在这个小山村的上空,许多成年人时而用羡慕的眼光盯着看,时而侧着耳朵听,时而相互交谈着。

冬天天短。这一天是阴天,天黑得更早。北风越刮越大,阴云越积越厚,不一阵,鹅毛大雪便漫天飞舞起来。

在学校陈子万的寝室内,亮着一点灯光,陈子万被围在中央,周围挤满了村民,有的村民干脆站在窗外,顶着风雪,侧耳倾听。

"乡亲们,外面大雪纷飞,我今天也给大家来一段《水浒传》中的故事'林冲雪夜上梁山',好不好?"

"好!"

"陈先生,你就快给我们讲吧!"

次日,天色阴沉,飘下鹅毛般的大雪来。差拨引了林

返 村

冲，来到草料场，跟老军说，让他换林冲去看天王堂。老军交了钥匙、账目，指着墙上挂的一个大葫芦，说："往东三里有个市镇，想吃酒了到那里去沽。"差拨和老军离去，林冲生着火，烤了一阵，仍感到身上冷。便用花枪挑了葫芦，往东走了三里，果然有个市镇。走进村头酒店，问小二："认得这个葫芦吗?"小二说："原来是草料场新来的军爷。"当下斟三杯酒，切一盘牛肉，算是为林冲接风。林冲吃了，又买几斤牛肉，吃了十多碗酒，临走时，又打一葫芦酒，用花枪挑了，剩下的牛肉包上，揣在怀里，回草料场。

这时天已黑透，雪越下越大了。林冲开了锁，走进去，见大雪把草厅压塌了，扒开断墙，只扯出一条棉被来。这么大的雪，到哪里过夜呢?他想起路边有一座山神庙，便扛起花枪，来到庙里，用石头顶上门，把被子铺在地上，裹住下身，喝着葫芦里的冷酒，就着怀中的牛肉，仍觉浑身发冷。

突然，一片火光将庙中映得通红。林冲跳起身，扒门缝看去，却是草料场起火了。他正想开门去救火，只听脚步声响，影影绰绰有三个人奔过来。三人推庙门，因有石头顶着，没推开。只听一人说："这条计好吗?"又一人说："多亏管营、差拨费心。待我回去，禀明高太尉，保你们做大官，这回张教头没说的了。"又听人说："小人爬进去，放了四五处火，现在怕烧得差不多了。"又一人说："就是烧不死他，烧了草料场也是死罪。"又听一人说："待会儿火住了，你们去捡他几块骨头，我回去也好交差。"

林冲听得分明，庙外正是陆谦、富安与差拨三人。老天有眼，大雪压塌了草厅，不然此时岂不葬身火海?他轻轻搬开石块，猛然打开庙门，提花枪冲了出去。三人见林冲自庙

中杀出,吓得浑身打颤,双腿抽筋。差拨转身想逃,被林冲一枪杆打翻,赶上几步,一枪把富安搠倒。陆谦方逃两三步,林冲迎上去,劈胸揪着,摔翻在雪地里,一脚踏上他胸脯。陆谦高叫:"饶命!都是高太尉让我这么干的。"林冲怒喝:"我与你自幼相交,情同兄弟,你几次三番害我,怎与你无干?且吃我一刀!"说着,撕开陆谦外衣,只一刀挖出心肝。差拨爬起来想逃,林冲抢上前一刀将其杀死,割下三颗人头,摆到山神前供桌上,将葫芦里的冷酒一饮而尽,提上花枪,向东走去。

陈子万讲到这里打住了,"今天的故事就讲到这里,大家说说听了这个故事,有什么想法。"

王殿义把抽了半拉子的烟在鞋底上磕了两下,站起来说:"我觉得好汉们都是被逼上梁山的,梁山好汉们团结起来,拧成一股绳,使朝廷都害了怕。我们中国人都团结起来,一定能打败日本鬼子。"

村民刘永贤接上了话茬,"人的命,天注定。林冲遭人陷害,家破人亡,被逼上梁山,那就是他的命。"

刘永贤话音刚落,刘金荣腾地站了起来,"这话我不爱听,什么命不命的。我从小就被人贩子贩卖,吃尽了苦头,现在又嫁给了王兴春,作了小老婆,照你这么说,这也是我的命?还有,日本鬼子现在打到了我们家门口,奸杀掳掠,坏事做绝,照你这么说,这也是我们的命?我们只有逆来顺受,只有认命的份?国家贫弱了,自然受人欺负,百姓们也跟着遭殃。只有全国同胞团结起来,共同抗日,才能打败日本帝国主义。"

返 村

　　刘金荣的一番话像连珠炮一样，驳得刘永贤哑口无言，屋子里顿时静了下来。

　　"啪啪啪"陈子万鼓了鼓掌，打破了沉闷的气氛，"大家说得对，日本鬼子暂时得势，却掩盖不住他们根基浅、资源少的弱点。要是每个中国人都有一颗不甘屈服的心，日本鬼子能这么猖狂吗？中国四万万同胞团结起来，就一定能把日本侵略者赶出中国去！"

　　目送着陆陆续续离开的村民，陈子万感到由衷的欣慰，因为他从大家的发言中，看到了希望，感受到了蕴藏在村民中的力量，特别是他发现了几棵"好苗子"。

建 党

已是二月末了。天气一天天地暖和起来，西河里的冰已消开，顺河床静静地流着，河的两岸稀稀疏疏地显出了绿色。

在陈子万的卧室里，地下正中央放着一张简易的方桌，方桌的四个方向放着四条长凳子，陈子万、王殿义、王本昌、王本祥、刘汉周等围坐在一起，陈子万在给他们讲当前的政治形势。

"目前随着太原会战的失败，国民政府的片面抗战路线彻底宣告败，中国共产党成为领导全国人民全面抗战的主要力量。八路军三大主力分别在五台山、太行山、吕梁山开创抗日根据地，展开持久抗战。刘伯承、邓小平在我们太行山开辟了太行抗日根据地。我们昔阳是抗日根据地的腹心地带，中共昔阳县委领导成立了抗日民主政府，虽然当下敌我力量对比还很悬殊，但终究中国是个大国，日本是个小国，只要长期坚持抗战，胜利一定会是我们的。我们现在最迫切的任务是宣传抗日，为抗战做贡献。"

王殿义说："我们在座的都是西峪村的抗战积极分子，我们不怕流血牺牲，为了咱的家乡，咱的父老乡亲兄弟姐妹不受侵犯，不受伤害，陈先生你就领着我们干吧，我们都听你的。"

其他人异口同声地说："殿义说得对，我们都听你的，你就领着我们干吧。"

陈子万激动地说："既然大家这么信任我，我就不推辞了。当下太原失守后，阎锡山接受了共产党建立抗日民族统一战线的主张，提出了守土抗战的口号，并亲自担任会长，成立了合法的抗日组织——牺牲救国同盟会，我看咱们也成立一个我们自己的牺牲救国同盟会，开展抗战工作，你们意下如何？"

白希盈说："我参加。"

王殿义站起来，"也算我一个。"

王本昌、王本祥同时说道："俺们也加入。"

刘汉周最后一个站起来，把头上的破帽子往桌子上一摔，斩钉截铁地说："一起干吧。"

陈子万说："好！既然这样，那我们现在就成立牺牲救国同盟会，同意的请举手。"

大家相互对视了一下，都坚定地举起了手。

陈子万说："那我们这个组织今天就成立了，由王殿义同志担任会长，我担任书记，其他同志都是本组织的成员。大家有什么意见？"陈子万郑重地看了看全体同志，大家都默默地点了点头。接着陈子万从抽屉里拿出五枚牺牲救国同盟会徽章发给大家，并宣布了几条纪律。

第二天，陈子万和王殿义骑着一红一黑两匹马，奔驰在西峪到皋落的大路上，发出有节奏的马蹄声，偶尔也传来几声马的嘶鸣声。

进了皋落村，俩人直奔昔阳县委驻地。周壁正在院里背着双手踱步，看见陈子万进来，便伸出双手去迎接，分别和俩人热情握手，"欢迎，欢迎，你们辛苦了。"

院子里有石桌石凳，三个人依次坐下。陈子万兴奋地说："周书记，我们西峪村已成立了牺牲救国同盟会，我任书记，王殿义同志任会长，我们已经开展了抗日宣传和统一战线工作，西峪村已出现了一批抗日积极分子，群众情绪很高。"

周壁听了之后，脸上露出了笑容，肯定地说："你的工作做得不错，成绩很大，西峪人民的抗日热情很高，县委非常满意。但是，现在对敌斗争非常艰巨，急需在农村建立坚强的农村党支部，我看你回去后，在此基础上建立西峪党支部，更好地领导人民群众开展对敌斗争。这项工作很重要，不能操之过急，一定要细心稳妥，在全县带个好头。"陈子万和王殿义点了点头。

陈子万和王殿义策马回到西峪村，刚到村口，走在前面的陈子万将马勒住，回过头来对王殿义说："我们分头去通知牺盟会会员到学校我的住处去开会。"

"好，我这就去。"

俩人分头而去，消失在村子里。

当天晚上，在学校陈子万的住处，牺盟会的会员们正在开会。

陈子万说："县委指示我们，将牺盟会发展为农村党支部，我们会后分头行动，开展一对一活动，每一个会员去发展一个对象，扩大我们的组织，同时准备成立农村党支部。县委周书记说我们县第一个农村党支部已在皋落镇成立，我们决不能落后于人，迅速成立第二党支部。下面讨论一下行动方案。"

王殿义说："我看就各自在自己家族的兄弟姐妹中发展

吧，这样可以尽快取得他们的信任，我们对他们也比较了解。"其他人表示赞同。

陈子万最后叮嘱大家："那大伙就分头行动吧，大伙要保守秘密，消息不得外传，谁要走漏了风声，就论处谁。"

光阴似箭，将近半年时间过去了。

1938年8月的一天晚上，陈子万召集发展得比较成熟的十几个人在村里的一孔窑洞内开会，天很黑，谁也看不清谁的面孔，隐隐约约地看见窑洞正面悬挂着一面党旗。参加会议的有：陈子万、王殿义、白守命、刘金荣、白福元、王本祥、王计所、白景福、白希盈、王运来。

陈子万说："我们现在有10个人，大伙将是西峪村的第一批党员，历史会记住今天，也必将会记住你们，我们今天做了一件无愧于祖宗，无愧于子孙的大事。下面请起立，举起你的右手，握紧你的拳头，面向党旗宣誓。"陈子万念一句，大伙跟着念一句，最后陈子万说："宣誓完毕，我宣布西峪村党支部于今天正式成立了。现在我告诉大家一个好消息，区委给我们派来了一位支部书记，来领导我们开展工作，现在有请我们的支部书记。"话音刚落，从门外走进一个人来，大伙一起回头看去。

窑洞里光线太暗，根本无法看清楚，来人走到陈子万身边。

陈子万接着说："区委派来的这位书记姓宋，下面请宋书记讲话。"（会议在秘密状态下召开，因此无人拍掌）。

宋书记说："感谢陈子万同志和大伙为建立党支部做出的贡献！我从今天起，就成为大家中的一员，今后我们一起战斗，为的是把日本侵略者赶出中国去。下面，我传达区委

的指示和支部的决定。区委指示我们，我们进行的是全民族的抗战，争取团结一切可以团结的力量，陷敌人于人民战争的汪洋大海，打一场对敌斗争的持久战，最后的胜利一定属于我们。"

发 动

山村的夜晚，周遭是那么宁静，为少有灯光的村庄，带来了几分神秘的色彩。西河边的草丛中，偶尔会传来几声欢娱的蛙鸣，间或几声虫儿的窃窃私语，仿佛是大自然为我们演奏的小夜曲儿，令人顿感心旷神怡。

夜已经很深了，窑洞里的会议还在继续着。

白守命说："宋书记，打走日本鬼子，还得靠八路军。你给部队首长捎句话，能不能多调些人马来，把这些鬼子汉奸铲除干净？"

宋琦云笑了笑，温和地说："咱们八路军是老百姓的子弟兵，来是不成问题的，一定来这里打敌人。不过大家要明白，和敌人的斗争是长期的，八路军担任整个抗日根据地的战斗任务，武工队也要经常到敌人屁股后面去活动，并且组织那里的老百姓和敌人干，不能在一个村子里长住。要把敌人赶走，还要靠大家团结起来干！"

王运来有点迷惑地问道："宋书记，你说队伍不能长住，让我们这些手无寸铁的人，能干出什么来呢？"

宋琦云就把如何组织发动群众，成立一些群众组织，主要有工会、农会、青救会、妇救会、民兵自卫队、动委会。老年人做老年人的事情，年轻人做年轻人的事情，男子做男子的事，妇女做妇女的事，大家团结得像铁桶一样，村村都这样，联合起来搞，建成抗日的铜墙铁壁，和敌人做长期斗

争,给众人讲了个一清二楚。

顿时,人们心头的疑虑打消了,王殿义说话了:"人常说,人心齐,泰山移。以后咱们信毛主席、八路军、抗日政府,咱们抗日干革命,谁也不能半道变心,出卖大伙!"王殿义越说越有力,就像撞动了庙里的钟,声音在人心上响着不散。

王本祥是个急性子,"咱们今天发了誓,成了一心,明天就干!"众人齐声附和着。

宋琦云向外看了一眼,见时候不早了,回头对众人说:"有了老婆不愁孩,有了木匠不愁柴。事情要慢慢干,不要性急,走漏了风声,打草惊蛇,就会坏了大事。大家可要记住保守秘密,要是一个人走漏了风声,就会影响咱们整个抗日大计!"几句话,好似在每个人心上钉了只钉子。看人们的神态都是又坚决、又严肃,好像对宋琦云说:保证谁也忘不了。

大家正要起身离开,宋琦云忽然说道:"大家再等一等,还有一件大事没有讨论。"

人们又静下来,宋琦云接着说:"我们成立了党支部,建立了群团组织,广泛发动群众和敌人斗争,这要让密探知道了,敌人会狠毒地来报复,为了防止敌人报复,保卫咱们全村,需要建立民兵队伍。"接着又把民兵的任务讲了一下,说明民兵就是本村的队伍,平时一样闹生产,有了情况就保护群众转移,打击敌人。

宋琦云一讲完,白守命开口了,"日本人洋枪大炮的,靠几个民兵能顶什么用?"

王本祥又加了一句,"别的都是小事,第一是枪要紧,咱们是民兵，既是带了个兵字，就得有枪！没有枪，就不能保卫群众！"

接着不知谁又插了一句，"让上头给咱们发枪吧！一人发一支步枪，再发些机关枪！"众人一边说，一边用眼瞅着宋琦云。

宋琦云又笑了笑，说："你们不要看我，我又不会造枪，我的手枪还是夺的敌人的！靠上级发枪也没有那么多，再说，咱们民兵和正规队伍不一样，咱们的任务不是攻城夺镇，主要是保卫群众。"

宋琦云扫了众人一眼又说："要枪也容易，敌人手里多得很，咱们瞅空子打几个便宜仗，问题都解决了。那句游击队歌是怎么唱的'没有枪，没有炮，敌人给我们造'。只要打仗，枪不是个问题。"

讨论完武器，又讨论放哨的问题，最后决定了白天儿童们放哨，夜晚民兵们轮班放哨，民兵们放了哨顶抗勤工。

最后，成立了工会、农会、青救会、妇救会、民兵自卫队、动委会等抗日组织。工会负责发动生产，筹集资金，支援抗日。农会负责救济贫困，减租减息，调动农民的积极性，一致抗日。青救会负责宣传抗日，发动青年参军。妇救会负责动员妇女做军鞋，拥军优属，送粮支前。民兵自卫队负责站岗放哨抓特务，配合八路军割电线、破公路，打击敌人。动委会负责动员一切力量抗日，有人出人，有钱出钱，为抗日救国做贡献。

同时明确了各个组织的负责人：工会主席王本祥、农会主席白希盈、青救会主席白景福、妇救会主席刘金荣、民兵自卫队长王计所，动委会主任白福元。

宋琦云看了看天色,和陈子万交换了一下意见,当即宣布道:"天不早了,大家也都累了,现在散会。"

大伙热火朝天地讨论了一个晚上,这时才注意到启明星已经从东方出来,村里的公鸡也开始打鸣了,天快亮了。

时间过得真快,一晃一个月过去了。西峪村的抗日发动工作,如火如荼,出现了一片生气。真是群众大发动,抗日歌声遍地起。

年轻后生们,每天起来哼着"报告指导员,老婆不要脸,我要去打日本,她就要离婚……"等抗日歌曲。

千朝万代,大门不出、二门不迈的闺女媳妇,也成立起自己的抗日组织——妇救会,整天唱着"送郎打日本,送到十里亭,哥呀哥呀你放心,家中事情俺照应"的歌儿。

就连一向不问时事的长工们,也哼着"杏花开呀,要春耕,鬼子扰乱害死人,这可怎呀?放好哨呀,情报灵,劳武结合搞春耕,管能行呀!"的民谣。

一句话,不论是筹集抗日粮草,还是组织民兵自卫队;不论是动员发展生产,还是配合八路军完成战斗任务,西峪村的抗日工作,真个是样样走在前。要前方有前方,要后方有后方,又抗日又生产。

毛主席说过:"革命战争是群众的战争,只有动员群众才能进行战争,只有依靠群众才能进行战争。""真正的铜墙铁壁是什么?是群众,是千百万真心实意地拥护革命的群众。这是真正的铜墙铁壁,什么力量也打不破的,完全打不破的。"

抗战发动工作在西峪村的实践,为毛主席的这两句话做了最好的注脚。

战 斗

抗战第三个年头的春天又开始了。然而在这个春意盎然的美好季节,日寇铁蹄统治下的昔阳人民却没有心思欣赏春天的美景,更感觉不到那融融春光带来的暖意。

1939年2月,平定人兰林接替李清润任昔阳县伪县长,极力配合清水利一发动的"治安肃正"和"内部清政",大肆屠杀我抗日军民,县城西河变成了"尸横成丘狗红眼,狼啃残骨老雕旋"的阴森可怕之地,整个昔阳城笼罩在一片白色恐怖之中,有当时一段顺口溜为证:

兰林上了台,众鬼跟着来;
宪兵到处窜,警察离不开;
今日叫登记,明日发号牌;
远地不让上,亲戚断往来;
一句话不对,麻绳把你绑;
说你通共匪,刑罚齐摆开;
压杠辣椒水,圪针大皮带;
招供不招供,送你断头台。

昔阳县城里,一座西式的小二楼,被几棵披着厚厚的白雪的大树掩映着。高高的院墙上,设置着稠密的铁丝网,上楼就是日军驻昔阳县大队司令部的办公室。

日军大队长中佐清水利一正背着手,仰着脸,耸动着眉毛,在墙上挂着的地图前细心地观察着。

此人长相有点奇特,矮个子,秤锤头,棱角眼,眉川间挽个蝎子疙瘩。此人以阴险残暴、诡计多端而著称,据说是日军华北区六大特务之一。

"报告!"

"进来!"

日军小队长渡边一郎和佐佐木应声进入清水利一的办公室,来到办公桌前,双脚同时一靠,发出"咔"的一声响。

清水利一头也不回,把手在地图上围着昔阳划了一圈,最后用拳头狠狠地砸在圆圈中央,"昔阳的统统占领,你们分别去凤居和三都修炮楼、建据点,共产党八路军统统的消灭。支那人反对皇军的统统的死了死了。"

两个多月后,用周围乡村民工的血泪筑成的两座炮楼分别在三都和凤居拔地而起。三都十四道岩是一个三十多米高的炮楼,炮楼四周有三个碉堡,碉堡之间修了三排房子,房子外面是铁丝网,有一个小队的日军在此驻扎。这里离西峪村只有八里地,站在炮楼上就把西峪村看得一清二楚,西峪的抗日斗争更加艰巨了。

转眼到了1939年10月。过了寒露,百草都已干枯,村官房前那棵大柳树,还是绿的。太阳没出山,瓦上白白地铺了一层霜。

"寒霜毒日头",人们一看,就知道今天是个好天气。打谷场上零七碎八,还有些连穗庄稼,也有些秸禾还没溜尽。人们正在往开摊场,忽然间看到从河沟开进来一支军队。这支部队匀不溜溜的,一色年轻后生,每人脊梁上背个四方四棱小包袱,上头盖着一件灰布大棉袄,还有一顶竹皮儿大草帽。左胳膊上,绷了块方布,蓝底儿白字,写着个"八路"。

原来八路军一二九师三八五旅七六九团的一个连到和顺县执行任务,路过西峪村。张连长走在前面,快到西峪村了,张连长把手一挥,示意部队停止前进,同时拿起望远镜观察四周情况。然后一指村西南高皇寨岭方向,对指导员说:"这里情况复杂,为防不测,你带领一部分战士去占领那个山头,我带领一部分战士进村去搞点吃的。然后我们在山头会合。"

指导员把手一挥说:"一排跟我来。"

张连长带领其余人马向村里走来,民兵队长王计所早在村口等上了,两人一见面,王计所紧紧地握住张连长的手说:"我们得到上级的指示,等你们多时了,快进村吧。"又转回身来对民兵白希永说,"你去寨垴山放哨,有情况用'消息树'报信。"说完拉着张连长的手并排走进村里。

白希永三步并作两步向村外的寨垴山跑去。

寨垴山在西峪村的南面,从垴顶可以看到整个西峪村和平辽公路,也可以监视三都和凤居方向敌人的动静。当时没有电话,为了及时传递信息,民兵在垴顶上立了一棵"消息树",专门有民兵守卫,发现敌情,就会把"消息树"推倒,向村里的人及时发出预警信息。

白希永沿着山路向"消息树"方向行进着,还不时机警地回头瞭望一番。当白希永爬到离"消息树"还有 300 米的地方时,他回头爬在一块大石头后面仔细观察。突然,他看见从川口、东寨方向过来的一小队日伪军,全副武装,枪刺在阳光的照射下一闪一闪的,正在寨垴山东侧的马连嘴山头

爬行。

"是走漏了消息，还是纯属巧合？"白希永顾不得多想，此时心里只有一个念头，就是赶紧把"消息树"推倒，给村里人和八路军报信。

这时日伪军也看到了寨垴山坡上的白希永，"叭叭，叭叭"连着几声枪响，日伪军向白希永开了数枪，清脆的枪声回响在寂静的山谷间，惊起了一群在树上栖息的鸟儿，"扑棱棱，扑棱棱"在空中无目的地乱飞。

白希永挣扎了几下，便倒在了地上，鲜血从他的后背汩汩流出，强烈的责任感驱使他又挣扎着从地上爬起来，摇摇晃晃地走向"消息树"，用沾满鲜血的双手将它推倒。

此时，张连长和战士们正在村里吃饭，枪声一响，张连长迅速从腰间拔出手枪，打开保险，举在手上，喊了一声："走！"，其他战士迅速拿起枪，跟在张连长身后，一起冲出了村公所的大门。

在村口遇上王计所带领的民兵，大伙一起冲出村口，王计所指着倒了的"消息树"说："是白希永遇上了敌人。"刚说了一句话，马连嘴山头的敌人开了机关枪，子弹像飞蝗一般，"嘶嘶"地响着，在身边乱飞，两个战士应声倒地。八路军战士和民兵自卫队员借着松树、围墙掩蔽，向敌人打开排子枪，战斗就此展开……

这个马连嘴山头，就在村口不远的地方，与寨垴山、高皇寨岭一字排开，共同构成拱卫西峪村的南大门。

此时，马连嘴山头的敌人居高临下，占据了有利地势。敌人的机枪，仍在"咯咯咯"地扫射，一道光带，直打得松树针叶飕飕地往下落。"轰"的又一个掷弹筒弹打过来，正好落在张连长身前的石碑上,打得石碑碎石纷飞。接着又是"轰轰轰"的炮声,"咯咯咯"的机枪声,子弹连着炮弹,好似急雨带雹般打过来,火光中,松枝、石片、砖块,四处飞溅着,整个山头,刹那间变成座烟雾世界,谁也看不见谁,尘土搅着火药气味,使人闷得连气也喘不过来。炮弹落处,有人"哎呀哎呀"地叫了起来。日伪军火力太猛,张连长他们被压得抬不起头来。

民兵队长王计所爬到张连长身边,"我们熟悉地形,可以绕到敌人的侧面去。"

张连长点点头,"好!你们要小心,注意隐蔽。"

王计所领着民兵弯着腰向侧面绕去,从枪声判断,敌人的火力明显分散了。

这时,在高皇寨岭上的指导员带领队伍也向敌人开了火,无奈距离太远,远水解不了近渴。考虑到还有重要任务在身,张连长他们又有民兵掩护,所以指导员带领队伍下了高皇寨岭,向和顺方向进发了。

看到敌人的火力减弱了,张连长站起来,喊了一声:"冲啊!",这时一颗子弹飞来,正好击中张连长的胸部,张连长好像被人重击了一下,重重地倒在了地上。战士们见状,睁着血红的眼睛向敌人阵地猛冲。日伪军抵挡不住,抬上同伙的尸体逃走了。

战士们用担架把张连长抬到村里,他一直昏迷不醒,子弹深深地嵌入肺里,当下根本不可能取出来,妇救会主席刘金荣一点一点地给张连长喂着水。

天渐渐地黑了下来,张连长微微地睁开了眼,战士们迅速围了过来,张连长用目光扫视了一圈,用浓重的四川口音

问道:"战斗进行得怎么样?伤亡多少?"

一名战士说:"报告连长,敌人被打退了,我们部队有十六名同志牺牲,受伤十名,民兵白希永牺牲!"

张连长听完,身体一抖,口里吐出一口鲜血,头一歪,牺牲了。

战士们齐声喊:"连长!连长!连长!"

一阵沉寂后,大伙不约而同地站起来,慢慢地摘下帽子,向张连长默哀。

西峪村干部将本村72岁的一位村民预备的二寸厚的寿材装殓了张连长,并举行了一个简单的葬礼安葬了张连长和那十六名八路军战士。张连长是四川人,牺牲时年仅27岁。遗憾的是70多年过去了,张连长和十六名八路军战士的遗体还在寨垴山半山腰的栈道烧木炭窑里安放着,烈士们的亲属还不知道,这里安放着他们的亲人。直到牺牲时,人们都不知道他们叫什么名字,家在哪里,至今那里立着一块"无名烈士"墓碑。

民兵白希永的遗体也抬回了村,村里人无不为他落泪。他是一名好民兵、好党员。直到现在西峪村还流传着白希永烈士的许多佳话,白希永乳名白聚奎,因他长得粗笨,气力又大,人们称他"愣聚奎"。他上山砍柴,从不拿镰刀,凭他的力气能把木柴连根拔起来,他一天打的柴比三个强壮劳力一天打的还多。他性格直爽,爱说爱笑,村里人都很喜欢他,村里唱戏搬戏箱(装服装道具的木箱),别人两个人抬一个,他一人扛一个往返数趟。他是村里的活跃分子,正月村里闹红火,哪一项也离不了他。他乐于助人,村民有困难,他总是伸手去帮助,从不讲价钱。

战　斗

今天这一仗下来，王计所发现大家的情绪不太对。他明白，大家并不是怕敌人，而是觉得牺牲了那么多人，心里憋得慌。他自己又何尝不是这样呢？但，他是队长，他要克制自己，说服大家。他把几名受伤的八路军战士安顿好后，瞥了大家一眼，说："老辈人常说，骑马就有跌跤的时候；常出门，怎会碰不上个刮风下雨天？干革命不是走洋灰马路，跑顺风船，别忘了咱们唱的那支歌'抗战好比上高山，坡又陡来路又远'，确实是那么回事。特别是我们在敌人眼皮子底下活动，更是难上加难——双料的难。越是难，我们越要打起精神，迎接新的战斗！"

残酷的战斗，使民兵经受了血与火的洗礼；战友的牺牲，使大家燃起了复仇的火焰。

夜幕降临了，密密的雨点从天空落下来，几个民兵抬着战友的遗体，在黎明前最黑暗的时刻里，踏着泥泞的道路，消逝在秋末的原野上。

较 真

立冬节气过去三天了。

一层薄薄的雪,像巨大的、轻柔的羊毛毯子,覆盖在山野乡村间,闪烁着银光。

这一天,是限定各家各户交军鞋的日子。

抗日战争时,八路军战士穿的军鞋都是地方上供给,因此,做军鞋就成了当时妇女们的主要任务。做军鞋可是件辛苦事。太行抗日根据地军鞋供给标准是:作战部队每名战士三个月一双,并配备一双备用鞋,每年五双,其他人员每年三双。尽管军鞋供给量很大,但根据地妇女把给八路军做军鞋看成是支持八路军抗战的实际行动。那时,村妇救会经常有为部队做军鞋的任务,一般是每户妇女一年做两季,一季做一双,限时间完成。村民们都非常支持八路军,没有不愿意做的,而且谁家也不想落后,当时村子里的妇救会队员白天下地干活,雨天不能干活时,就组织村里的妇女聚在一起做军鞋。她们含辛茹苦,不讲条件,不讲代价,晚上凑在煤油灯下"挑灯夜战",早上有时鸡不叫就起来做鞋,利用一切时间给八路军多做军鞋。

做军鞋,是个技术活,也是个功夫活。首先从鞋底开始做起。战士们要行军打仗,鞋很费,所以鞋底一定要结实。村里的妇女将家里的破旧衣服和一些碎布条,先一层一层用糨糊粘好,一直粘到一寸多厚,在快干时再用大石头压上一二天，使之变得硬实。最辛苦的活是纳鞋底，麻线纳得越密越结实，做鞋的时间大多花在这上面。先用铜锥子在鞋底上使劲扎一个孔，而后再将麻线穿过，缝几针便将针在头上蹭一下。麻线是自己搓的，搓完后还要在白蜡上过一遍，以便麻线顺滑。纳完鞋底后，再用剪刀将周围多余部分切掉。至此，一双硬邦邦的鞋底便出来了。最后一道手艺是缝鞋帮，鞋帮是要用针线从里侧缝在鞋底上的。厚厚的鞋底再加上一层鞋帮，要穿过麻线也是一件很辛苦的事。到规定交鞋的一天，妇女们拿着军鞋，一双双捆好送到村妇救会，接受检查验收。妇救会主席负责收集军鞋，检查质量。发现鞋底太薄，纳得不符合要求，只要用手一拧鞋底，听到有"咯巴"声，说明这鞋底中有问题，必须退回去重新做。通过验收的军鞋再由村里的男民兵，送给附近的八路军。

刘金荣把大家送过来的军鞋摆放整齐，一双双地查验了起来，任何一丝一毫的质量问题都逃不过她那双锐利的眼睛。终于，一双掂着分量相对轻一些的军鞋引起了她的注意。她用手一拧鞋底，"咯巴"一声，拿过剪子把鞋底拆开，里面衬的竟是发干的玉荚皮。

"这是谁做的？真是太不像话了！竟拿玉荚皮做鞋底。"刘金荣气呼呼地说道。

"金荣，算了吧，不就一双鞋嘛，犯得着这么认真，自己给自己找罪受，又得罪人，何苦呢？"丈夫王兴春忍不住插了一句话。

"苦？我们再苦，也没有八路军战士苦。行军打仗，风餐露宿，流血牺牲，我们能比吗？张连长和那十六名战士都是二十几岁的年轻后生，却长眠在了烧木炭窑里，我们都不

知道他们叫什么,家在哪里。比比他们,谁苦?我知道,你心疼我。可他们,谁去心疼他们?他们流血牺牲,又是为了谁?"刘金荣越说越激动,几颗滚烫的泪珠顺着脸颊滚落了下来。

"好好好,我说不过你,随你吧,我的姑奶奶。"丈夫王兴春一脸无奈地说道。

"兴春,叫大姐过来做饭吧,我得把这个以次充好的人找出来,这可不是一件小事。"话音刚落,刘金荣便拿着那双鞋风风火火地出了屋门。

刘金荣首先排查了妇救会的几个骨干,确认没有问题后,又同她们一起扩大了排查范围,根据布料、针脚加上细致的排查,最后终于锁定了张三孩家媳妇李巧娥。

"金荣姐,我知道错了。这几天,三孩身体不舒服,我照顾他耽搁了时间,一时糊涂,就把玉茭皮放了进去。"

"巧娥,你有实际困难,可以给我讲,我可以替你完成,大家可以帮你完成。千不该万不该,不该以次充好。八路军是咱的子弟兵,咱的亲人,如果穿上差的鞋,他们能走路、能打仗吗?我们这样做,不是害他们嘛。考虑到你的实际情况,这次就不罚你重做了,但是要在全村妇女大会上做深刻检讨,以儆效尤。"

从李巧娥家刚出来,王拉小家媳妇小翠急急忙忙地迎了上来,拉住刘金荣的手,"金荣姐,我家的情况你知道,我男人脑子不太清醒,家里的事全凭公公做主。而我公公又是个死脑筋,就说这交公粮的事吧,他不但不同意交粮,还说交了公粮,日本人知道了要杀我们。我是干着急,你看咋办呀?"

"走,带我去会会你家公公!"小翠家并不很远,说话间便到了家门口。

"大爷,我知道你是一个本分人,不想招惹是非,但是你以为不交公粮,不给八路军做事,鬼子汉奸就不找你的麻烦了,是吗?那我问你,自日本鬼子占领昔阳以来,远的几起惨案不说,近的就说八月六号鬼子在皋落制造的那起惨案,那十几名群众招惹鬼子了吗?听说死难者中还有你家一个亲戚,你最熟悉不过了,他们都是些手无寸铁、安分守己的老百姓。为什么日本鬼子不给他们活路?再清楚不过了,在日本鬼子的铁蹄下,我们老百姓就没有好日子过。八路军打鬼子为了什么?就是为着我们老百姓能过上太平幸福的日子。咱们不给他们吃上粮食,战士们哪里来的劲打鬼子?"

刘金荣一席话说得小翠的公公不好意思地低下了头,半晌才开了口:"大妹子,你说得太对了!我那亲戚老好人一个,不明不白地让鬼子的新兵做活靶练了刺刀,那个惨呀,我真是没法说,浑身的血窟窿,等我们过去的时候,身上的血已经流干了,有时想起来,我也是害怕呀!可怕顶什么用,就得狠狠揍他!大妹子,我这人认死理、觉悟低,一时糊涂,你不要见怪,公粮我现在就交!"

"大爷,不要怕!敌人就像弹簧,你硬它就软,你软它就硬。有共产党的坚强领导,有我们大家的团结一致,就一定能把鬼子赶出中国去!"

看着公公忙着张罗着交公粮去了,小翠忍不住"扑哧"一乐,"金荣姐,你就是有办法,我算服了你了。"

这边把小翠家的麻烦事处理完后,刘金荣又风风火火地往村公所赶,因为他要找刘凤鸣和王计所,商量派谁把军鞋

送到八路军手里。

刚到村公所门口,就听里面传出一个人的声音:"听说你们那个妇救会主席刘金荣同志,挺能干的。"

"她在咱们村顶个台柱子,动员青年参军,组织妇女做军鞋,碾米磨面筹军粮,护理、照顾八路军伤员,一样也少不了她。别看是个年轻的女同志,干工作可是挑得起来,拿得出去的好手。我从来就没有听她叫过苦,喊过难……"

刘风鸣正念叨到这里,刘金荣一步闯进来,"什么苦啊难的……"

原来是区长李端亨来村里视察工作来了,一见刘金荣闯进来,刘风鸣急忙说:"你看,说曹操,曹操就到。李区长,这就是我们妇救会主席刘金荣同志。"

"李区长,你好!"刘金荣很有礼貌地向李端亨打了声招呼。

"金荣同志,我早就听说你了,作为一个女同志,不简单哪!我们都应该向你学习!学习你这种为了革命,不怕吃苦,不怕得罪人,敢于较真的精神!"

出　山

　　1940年初，日本侵略者为实现"以华治华""以战养战""分而治之"的侵略方针，采取威胁手段，强迫占领区成立维持会，给日伪统治者筹集钱、粮，替日伪军队提供粮秣、民夫，向日伪军汇报中国抗日军队活动情报等任务，成为其侵略和奴役中国人民的工具和帮凶。

　　在昔阳城宪兵队的队长办公室，清水利一正在给日军小队长、皇协军团长、棒棒队队长、特务队长训话："华北司令部命令对占领区进行'治安强化'，你们统统出动，要求村村举办'维持会'，不维持的村庄统统的消灭。"

　　遵照主子的吩咐，三都炮楼的一个日军小队长带领着十几个日伪军，来到西峪村。日军小队长骑着一匹枣红色洋马，挎着一把指挥刀，带着雪白的手套，不可一世地来到村公所，一名伪军把头前人叫出来。

　　日军小队长在马上哈哈一笑，说："你的，良民大大的，皇军需要你们这样的人，你的不要害怕，维持会会长的干活，皇军大大的有赏。"

　　头前人吓得一言不发，一名伪军说："皇军的话听明白了吗？好好地干吧，别不识抬举。"头前人点头哈腰地应着："好，好。"

　　日军小队长带头鼓掌，随后领着日伪军向下一个村庄走去。

就在当天晚上,在西峪村东的窑洞里,区长李端亨、西峪村党支部书记王殿义和村党支部其他成员在开会。

王殿义说:"目前日本鬼子强迫我们成立'维持会',我们认为给日本人办事,就是当亡国奴,西峪有党支部,坚决不办'维持会'。"

李端亨说:"县委和区委原则上是同意你们的主张的,但是从目前的抗战形势来看,也不能说办'维持会'就是亡国奴,就是向日本投降。要教育大家办'维持会'要讲策略,可以选一个能干的人,一方面应付日本人,一方面还可以利用其身份给我方武工队办事,见机保护人民的生命安全。"

王殿义和支部委员们进行了小议。

王殿义对李端亨说:"我们支部讨论决定让刘风鸣来担任会长,他能说会道,担任这个角色能胜任。"

李端亨说:"那就这样决定了,一定要做好刘风鸣的工作。"

刘风鸣家在村公所的后面,院子不大,倒也整齐,正面有两眼窑洞,东面靠窑洞的地方有一个伙房,围墙用石头砌成,不太高,有一个说得过去的大门。

王殿义倒背着手,在前往刘风鸣家的路上走着。走到大门前,看到大门虚掩着,便推门进去,朝着屋里喊了一声:"老刘在家吗?"

刘风鸣听到后,开门出来,说:"殿义兄弟,你来了,有什么事吗?"

"无事不登三宝殿,今天有件事非你做不行。"

"殿义兄弟,想不到我还有大用处呀!"

"给你一个为抗日做贡献的机会,你可不要拒绝呀。"

"到底是什么事,快说来听听。"

"我可说了,你要听仔细了。"

"好,好,你说,你说。"

"日本人要求村村建立'维持会',大伙认为你能力强、会办事,一致推举你来担任维持会长。你的主要任务是明里应付日本人,暗里为共产党、八路军办事,保护村里的父老乡亲。周围村都进行了维持,咱村硬顶怕会招来麻烦,恐怕吃亏的是咱村的父老乡亲。想听听你的意见。"

刘风鸣听完,表情凝重,面露难色,慢慢地蹲在地上,大半天不说一句话。

王殿义知道他十分为难,就说:"我今天来是代表组织给你讲,也是全村人对你的重托,给你两天时间考虑考虑,你看好吗?"

"兄弟,容我考虑考虑,然后给你回话。"刘风鸣回应道。

王殿义走后,刘风鸣请来了家人商量,父母兄弟姐妹都不同意他做维持会长,他的两个哥哥态度最坚决,大哥刘风青说:"你刚从敌人的监狱里回来,吃了多少苦,九死一生,好不容易捡了一条命,现在伤还没有好,就又干卖命的事,你不想活,我们还想安生安生呢!"

姐姐更是哭着说:"你的命就那么不值钱吗?明知道和日本人打交道就是玩火,弄不好得把小命玩进去,你那是何苦呢?咱爹妈生你养你容易吗?"

父亲只管一个劲地抽烟,母亲只管一个劲地哭。刘风鸣脑海里进行着激烈的斗争,来回在地上走着,不时发出一声声叹息,左右为难。

而此时,在斜峪沟区公所李端亨的住处,窗外呼呼的西北风拍打着窗门,沙石在狂风的裹挟下席卷着整个院落。

王殿义正在向李端亨汇报:"我看刘风鸣有很大的顾虑,怕不好接受这项工作,你看我们是不是再考虑一个人选呢?毕竟他刚从敌人那里回来,受了不少的罪,是不是有点太难为人家了?"

"刘风鸣的能力是有目共睹的,是你们村不二的人选,要多做动员工作,这份工作不是什么人都能干好的。"

"我已尽了最大的努力,看来还得你亲自出马呀。"

"那好,咱们也来他个三顾茅庐,请能人出山,我就亲自走一趟。"

李端亨在王殿义的陪同下来到了刘风鸣家。王殿义抢先对刘风鸣介绍说:"这是……"李端亨用手制止,说:"我们是老朋友了。"

王殿义用惊奇的眼光看着他们,刘风鸣说:"是的,是老朋友了,我和老李早就认识了。"

王殿义又说:"既然是这样,那就谈正事吧。"

李端亨说:"那我就不绕弯了,小胡同赶猪——直来直去了。"大伙被逗得哈哈大笑,气氛一下了缓和了许多。"当前抗日形势不容乐观,而西峪村的情况又比较特殊,这些都需要你挑起这副重担。这是关键时刻,我们不干,谁干?你为大伙做了好事,人们是不会忘记的,历史是不会忘记的。我代表区委,殿义代表村委来请你出山,你就不要推辞了。我们会支持你的工作的,今后遇到麻烦事,我们会帮助你的。"看着李端亨庄重诚恳的表情,刘风鸣信服地点点头,当即表态:再难也要把"维持"工作做好。

这一年春天,路边枯黄的草丛中星星点点地露出了一丝丝新绿,远处的田野里也是鹅黄嫩绿,芽苞初放。刘风鸣和王殿义把李端亨送出了村口,在返回的路上,刘风鸣心里翻腾起刚才李端亨说的那些话来,好像觉得天也宽了,地也大了。往常上了路,看到眼前这些花草树木,也觉得挺平常;这一天,他一路上看到这些,好像格外比往年鲜色喜人。他敞开襟怀,大步流星,没走几步便到了家门口。

遭 难

春季天,弥天大风。

昏天暗地,整整刮了一天黄风。吃过晚饭,月亮刚爬上东山头,就让圆圆的大风圈围在正当中。满山坳里窝的风尘还没有落下去。一遇这种天象,可就要人心惶惶。老辈人就好说这么几句顺口溜:

月儿戴草帽,
南山穿灰袍,
不是兵马乱,
定是树扭腰。

这一天,五个伪军倒背着枪,吊儿郎当地在一个姓韩的班长的带领下走进西峪村。来到村公所,韩班长吆喝着说:"刘会长在吗?"

刘风鸣应声从村公所里出来,说:"韩队长来了,快屋里坐。"几个伪军进了村公所办公室。

韩班长说:"皇军有令,要三日内给据点送去三百斤白面,一头生猪,你可听仔细了,不然皇军会找你算账的。"

刘风鸣一边热情地给他们倒水点烟,一边笑嘻嘻地说:"自然,自然。"不一会儿端上了热菜热饭,亲自给他们倒酒敬酒。

当这群人喝得半醉的时候，看准机会，刘风鸣把韩班长拉到一边，从口袋里摸出三块大洋悄悄地塞到了韩班长手里，说："现在实在拿不出那么多东西，借你的光，给通融通融，以后给你们补上，你看怎样？"

韩班长摸摸圆圆的肚子，又掂了掂手里的三块大洋，满嘴喷着酒气说："你是好人，就宽限你些时日，让别的村先出吧。"

刘风鸣说："我就知道韩队长一言九鼎，在据点说话最顶用，以后还得多仰仗你，我会好好孝敬你的。"

韩班长结巴着说："就数你小子嘴甜，那我该走了。"说完，朝几个伪军一挥手说："弟兄们，走！"几个伪军出了村公所，跌跌撞撞地朝东寨村走去。

刘风鸣看着远去的伪军，狠狠地啐了一口唾沫，自言自语道："看你们这群秋后的蚂蚱还能蹦跶几天！"

那边刚把伪军打发走，回到家里刚刚躺下，这边王殿义又风风火火地推门进来。看到王殿义十万火急的样子，刘风鸣急忙从炕上坐起来。

王殿义说："八路军有一批军粮要我们村出人立即给送到驻地去。"刘风鸣一听，迅速下地穿上鞋，"走，我去通知人。"说着便和王殿义一起向外走去。

经过一下午的忙活，在天色擦黑的时候，西峪村三辆大车整装待发，就等刘风鸣一声令下。分装在布袋中的粮食，把三辆大车塞了个满满当当。

刘风鸣提着马灯穿梭在三辆大车之间，做着最后的检查：看看这辆，又看看那辆；摸摸这袋，又摸摸那袋；拍拍这匹马，又拍拍那匹马。因为他知道这三车粮食的分量，容

不得半点闪失。

一番检查之后,刘风鸣心里踏实了,就对赶车的三个民兵说:"大伙辛苦了,这是咱八路军的救命粮,天亮之前我们一定要送到,走吧!"说完,自己在前面带路,送粮队走出了西峪村,消失在茫茫夜色中。

为了拉近和敌人的关系,同时也为打探一下敌人的动向,这一天刘风鸣提着一个篮子,里面是鸡蛋和几盒香烟,朝三都炮楼走来。快到大门口时,站岗的日本兵朝刘风鸣喊道:"你的站住,什么的干活?"同时用枪瞄准了刘风鸣。

刘风鸣说:"我的,维持会长的干活,慰劳慰劳太君,韩班长朋友的干活。"说着举起篮子让日本兵检查。这时从炮楼里走出一个伪军,在日本兵面前说了几句话,日本兵随后打开了门。

刘风鸣走进来,来接他的正是韩班长,刘风鸣拿出一盒香烟,抽出两根递给日本兵,说:"请抽烟,请抽烟。"日本兵接过香烟,韩班长赶紧用火柴给日本兵点上火。这样一来二去,刘风鸣和韩班长就混熟了。

又过了些日子,这天在三都通向西峪的路上,有一个人在急急忙忙地跑着,那人一进村就直奔刘风鸣家,一进院门,喊道:"风鸣兄,风鸣兄。"

刘风鸣急忙从屋里出来,一见进来的是伪军韩班长,不觉心里犯了嘀咕:"这晨不晨、晌不晌的,这会儿赶来有什么事?"急忙问道:"韩队长,你怎么这个时候来了?既来之,则安之,我叫人准备酒菜,咱们俩好好喝两盅,如何?"

韩班长喘着粗气说:"老兄,都什么时候了,还想着喝酒。我刚得到可靠消息,三都炮楼的渡边太君怀疑你私通八路，要派人来抓你，快躲躲吧。"

刘凤鸣随即返回屋里取了一件衣服，边走边穿说："韩队长冒死报信，够意思，日后定当报答。你也要小心，我先走了"，话音一落，便飞一样地向村外跑去，不一会儿就消失得无影无踪。

就在韩班长给刘凤鸣报信的同时，在三都炮楼里，日军队长渡边一郎正在对警备队长翟启元训话："西峪村维持会长刘凤鸣的良心大大的坏了，是八路的干活。你的派人把他抓来，死了死了的有。"

看到主子不高兴了，善于见风使舵的翟启元赶紧回到警备队，叫来四个伪军命令道："你们四个赶快到西峪村把维持会长刘凤鸣抓来，皇军要审问，快去快回，误了事小心脑袋。"四个伪军不敢怠慢，直奔西峪而来。

俗话说，跑了和尚，跑不了庙。在西峪村刘凤鸣家的院子里，四个伪军把刘凤鸣的父母、老婆、孩子、哥哥、姐姐全押到了一起。

领头的伪军晃了晃脑袋，"说吧，刘凤鸣藏在哪里？不说，一个也别想活！"另外三个伪军也把枪栓拉得"哗哗"响。

刘凤鸣的老婆说："早上他起来就走了，什么也没有说，我们真的不知道他去哪里了，你们行行好，饶了我们吧。"

领头的伪军又走到刘凤鸣的大哥刘风青面前说："劳你带路，去找一找吧。"

刘风青说："我也不知道他去哪里了，你要我去哪里找呀？"

"少废话，前面带路"，四个伪军用枪逼着刘风青出了院

门。刘风青领着他们在村子里胡乱找了一阵,哪有半个人影。

刘风青对他们说:"以后你们再来找吧,今天实在不知道去哪里了。"话还没说完,又累又急又气的四个伪军从旁边捡起几根木棒对刘风青大打出手,边打边问:"你说不说?"刘风青咬紧牙关,一句话也不说,疼得在地上直打滚。不一会儿,刘风青一动也不动了,伪军这才扔掉木棒,扬长而去。

人们赶快把刘风青抬回家,家人见了哭成一团,有的喊"大哥",有的喊"风青"。刘风青慢慢地睁开眼,用微弱的眼光看看大家,嘴轻轻地动了动,想说什么,但已没了力气,头一歪,死了。屋里顿时一片哭声。

晚上,刘风鸣见风头已过,便悄悄潜回村里,得知噩耗,便直奔大哥家而去。远远地就听见嫂子在嚎哭:"俺娘儿俩孤苦伶仃,我可咋往下活呀?"

刘风鸣用力推开门,一眼看见大哥刘风青凄凉的遗体,不由双膝跪下,用膝盖着地挪到刘风青的遗体旁边,用力摇晃了几下,趴在遗体上号啕大哭。他满脸泪痕,咬牙切齿,一字一句地说:"哥,都是我害了你呀,我一定要为你报这个仇!"

出　嫁

同一天晚上，就在刘风鸣一家陷入巨大悲痛的时候，在地主王有和家里，王有和、白守财正在商量儿女的婚姻大事。"亲戚或余悲，他人亦已歌"，世间的悲欢离合无时不在上演。

王有和家跟白守财家，确实是两种派头。王有和家是清朝手里财主，据说和平川几户晋商大家都有来往，因此家底厚实，家中摆设也讲究。单说正房，一进去，迎面墙上挂的是八扇古字画，下边放一张长条几，上头摆的是祖先龛位，前边是大自鸣钟。紧挨条几放了一张大团桌，上面摆了一整套香炉烛台，全是云白铜货。团桌两边还各放了一把太师椅。靠东边是通间大炕，有暖阁，上面挂着大幔，银钩子吊在两边。对面西山墙下，是两面描金漆柜，上头有顶箱帽盒，全都抹擦得油光发亮。大件木料家具中，好多是紫檀木的，细小值钱的东西就更多了。

白守财要跟王有和比起来，可就不是差一点了。他是地地道道一个土财主，手里一有钱就置地。家里摆设根本不能和王有和家比，不说别的，他家就连一架竹帘也从没挂过。王家大院走出来的人，齐年整月，总是长袍短褂不下架。白家是油葫芦衣裳，土庄户鞋，过光景真够省俭。

白守财之所以连夜找王有和商量两家孩子的终身大事，还得从大前天说起。

这一天,白守财和孙翠英正在屋里睡觉。长工王金贵把白守财家的水缸担满水,又和了一大堆煤泥,不由得汗流浃背,这一切,让在屋里偷瞧的白玉洁看在眼里,她左右瞅了瞅,小步跑到王金贵身边,心疼地说:"金贵哥,快歇一歇吧,别累着了。"说着便拿出自己的手帕给王金贵擦额头上的汗珠。

王金贵不习惯地一把握住白玉洁的手腕,白玉洁"啊"的一声叫了出来,原来王金贵习武出身,劲道大,白玉洁一个娇小姐哪受得了。

"对不起,我使的劲大了。还疼吗?"

"金贵哥,不疼了。我就是想给你擦擦汗,你紧张什么呀?"

"玉洁,我虽家里穷,但我不是个木头人,你对我的情意,我心里清楚。可是我们真的不合适,门不当,户不对,你父母那道坎就过不去。你是一个聪明善良的好姑娘,应该嫁一个比我好的人家才对。"

白玉洁深情地看了王金贵一眼,什么也没说,悄悄地溜回了自己的房间。

刚才,尽管白玉洁那一声叫的声响不是很大,但还是把孙翠英从睡梦中惊醒了。隔着窗户,自己女儿和长工王金贵的一举一动,她都看在眼里。

孙翠英也是个治家理事的好手。她上床一把拧住白守财的耳朵,"你个老不死的,快醒醒,都火烧眉毛了,还睡觉!得赶紧给咱们玉洁找个好婆家,挑来挑去,咱村就王有和家大儿子王丙午合适,王丙午人长得精干,又门当户对。我看媒人也不用找了,虽然咱们两家没有定娃娃亲,但王有和曾说过多次,愿意娶咱家玉洁给他家丙午做媳妇,一半天你就去王家把这事说定,越快越好。"

"只是王有和老婆白玉鸟可不是盏省油灯,人送绰号'母老虎',咱家闺女生性温和善良,以后到了王家,怕受制呀!"白守财有点犹豫地说道。

"你想多了,现在哪个婆婆是善尽人,咱家闺女与世无争,和谁也处得来。况且她白玉鸟不看僧面还得看佛面,咱家虽比不上他王家殷实,但在村里也是数得上的人家。这事就这么定了,不要再犹犹豫豫了。"

孙翠英又来到女儿的房间,又是哄劝,又是吓唬,"再要和王金贵有来往,便辞退了他!"

在那个父母之命、媒妁之言主宰婚姻的年代,性情柔弱的白玉洁能做什么呢?只好认命吧。

白守财说明来意后,王有和是一百个愿意。"白玉洁是自己看着长大的,善良贤惠,自家儿子也到了谈婚论嫁的年龄,与其在外面拈花惹草,不如给他娶个媳妇,管住他,自己也好安生些。"想到这里,他把自己珍藏多年的老黄历翻了出来,借着昏黄的灯光,一页一页认真地翻腾着最近的良辰吉日,最终他的目光盯在了"三月十三"这天。黄历上写着:三月十三,大吉,宜嫁娶。他转过身征求白守财的意见,白守财算了一下,离三月十三还有六天时间,虽说有点仓促,但想起老婆孙翠英"宜早不宜迟"的嘱咐,便欣然同意了。

三月十三这一天早上,大地沐浴在一片晨曦之中,村外旷野里显得很清静。喜庆的吹打之声和噼里啪啦的鞭炮声惊起了林中即将睡醒的各种雀鸟,鸟儿们从树的枝叶间漫无目

标地飞出来,在空中惊恐地盘旋。少顷,它们发现这喧天的声响对自己并没有什么威胁,于是,又纷纷落在枝头上,好奇地透过模糊的天色寻声张望……

王有和和白守财两家张灯结彩,披红挂绿,喜气洋洋,鞭炮声不断,唢呐声阵阵,男女老少出出进进。

临近中午时分,红红绿绿一簇人马从白家出来,直奔王家,前面是六个吹鼓手,"嘟哇嘟哇"地吹打,随后是四个提纱灯的,两个打旗的,分在花轿两旁。一阵清脆的鞭炮声响过后,花轿在王家大门前落定。

王有和家是一进不小的四合院子,北面是七间大瓦房,门面是通地的门窗,暗红色的油漆发着亮光。东面是一排五孔窑洞,西面是排房,南面围墙的西边有一个门楼。

王丙午披红戴花探到花轿内,新娘顺势趴到新郎背上,新娘由新郎背着进了大堂,大堂正中央挂着一个大大的"双喜"字,"双喜"字两边是祥龙和凤凰。字幅的下面有一张用红布覆盖着的桌子,桌子两旁分别坐着王有和和夫人白玉鸟。

司礼高声喊道:"一拜天地",两位新人行礼;"二拜高堂",两位新人再行礼;"夫妻对拜",两位新人三行礼;"礼成!送入洞房",王丙午手握红绸带牵着新娘走入洞房。

洞房就是王丙午原先居住的那两间西厢房,经过简单的装新和布置,使原本就干净整洁的房间锦上添花,温馨倍至。

夜深了,喧闹了一天的王家大院安静了下来。

白玉洁坐在用红色帷帐罩着的新床上,床上铺着大红锦缎新棉被,被面上绣着鸳鸯戏水、龙凤呈祥的喜庆图案。红色的烛光在洞房里摇曳着,把她的脸映衬得十分娇艳。

王丙午在上房屋给爹娘道过晚安之后,便回了新房。今天他这个新郎官被亲戚朋友灌了不少的酒,有些微醉。白皙的脸庞泛起了红润的光芒,显得红光满面,意气风发。从内心来讲,今天的王丙午对这桩父母之命的婚姻并不满意,虽然同在一个村子,他还不知道新娘到底长什么样。

他狠了狠心,很不情愿地拿起一根用红布裹着的木棍,走向新娘,轻轻地挑起盖头,只见新娘白玉洁:头上发髻高耸,金银首饰错落点缀。白净的脸上眉毛弯弯,大眼睛,双眼皮,挺直的鼻梁下是一张樱桃小嘴,在小嘴的左下方有一颗美人痣,在烛光的照耀下,唇边的那颗美人痣更加清晰而动人,王丙午的心不由动了一下。

受　虐

第二天早晨，天刚蒙蒙亮，王有和家一片寂静。也许是昨天人们都累得够呛，今天早上起得相对迟了一些。

王丙午和白玉洁还在睡梦中，这时有人在窗户上"嘭嘭"地敲了几声，是王丙午母亲白玉鸟的声音，"玉洁，起来干活了。"白玉洁赶紧起床，披了件衣服，开门出来，一边用手揉着眼睛，一边打着哈欠。

白玉鸟用手指着白玉洁说："过了门就得懂礼数、守规矩，一天到晚只知道懒睡，白吃白喝，不叫你，就不知道干活。"说着举起手来要打白玉洁，这时她的手被一只大手牢牢地握住，她回头一看是王有和。

王有和说："你太过分了，媳妇刚过门，叫人总得习惯习惯吧。有什么不对，你可以慢慢说，不要打骂，街坊邻居听到了传出去，对咱家影响不好，让亲家知道了，关系就不好处了。"

白玉鸟挣脱王有和的手，指着他的鼻梁破口大骂："你看见媳妇比老娘还亲，你准备把她养起来，供起来当神呀？我看你是存心不良，你个老不正经，老娘一会儿再收拾你！"王有和被骂了个狗血喷头，悻悻地走了。白玉洁赶紧去扫地，生火做饭……

这天晚上，白玉洁对王丙午说："我嫁到你家第二天就下地干活，你妈不把我当媳妇看不说，在她眼里我还不如你

受 虐

家一个放羊的郭拉成呢。"

王丙午从炕上猛地坐起来,"你也不撒泡尿照照自己,算我倒了八辈子霉,娶了你这个丧门星,你还有脸说我妈呢,那是活该。"

白玉洁听了,趴在桌子上委屈地哭了起来。"婆婆那里受了气,本来想从丈夫这里得到些许安慰,没想到丈夫和婆婆一个鼻孔出气,我在王家还有好日子过吗?"想到这里,白玉洁不禁为自己今后的命运担忧起来。

毕竟白玉洁也是大户出身,又是一个新媳妇,哪经受得了如此从未见识过的难为、刁凌、欺辱和虐待?她郁闷自己怎么遇到了这么一个母夜叉似的乖戾婆婆和这么一个不近人情的丈夫,感到无助的她只好回娘家寻求支援。

白玉洁跨进娘家的大门,一眼就看到自己的母亲孙翠英,远远地叫了一声"妈呀",一下子就扑到孙翠英的怀里失声痛哭起来。

孙翠英说:"闺女呀,你这是怎么了?快给妈说说。"

白玉洁抬起头来,满脸泪水地看着孙翠英,一五一十地讲述了她在王家的遭遇。孙翠英听了也难受地掉下了眼泪,心痛地将女儿紧紧地抱在怀里,生怕飞了一样。

过了好一阵,父亲白守财从外面回来,看到母女俩抱在一起伤心的样子,问道:"你们这是怎么啦?闺女好不容易回来了,应该高兴才对呀!"

孙翠英又一五一十地把白玉洁在王家的遭遇告诉了白守财,白守财埋怨道:"我早提醒过你,一个村的谁不知道谁,那个白玉鸟就是一只母老虎,你非得说什么不看僧面看佛面,这下好了,你看怎么办吧?"

孙翠英被问得哑口无言,只得叹了口气,劝道:"孩子呀,这都是命,你已嫁到了王家,只能嫁鸡随鸡,嫁狗随狗,生是王家的人,死是王家的鬼,爹娘也没有办法呀。熬吧,也许慢慢会好起来,丙午不知道疼你,是他年轻不懂事,以后有个一男半女的,兴许就好了。娘家也不能一辈子住呀,迟早得回去。"

"我死也不回去,你们这是往火坑里推我呀。"白守财两口只好依了女儿,暂且在家里住下。

在娘家住了几日,又不见王家派人来叫,可怜的白玉洁很不情愿地提着一个包袱回到了王家。

刚一进门,"啪"的一声响,一只瓶子就碎在她面前,紧接着就听到白玉鸟的吼叫声:"你还有脸回来,死在你家才好呢!刚过门没几天,就往娘家跑,想败坏我们王家的名声,是不是?告诉你,我家不养闲人,不想在,你随时可以走。你既然回来了,该干的活还由你来干。你先把妇救会摊给咱家的那几双鞋赶出来,有个鞋样就行了,别死心眼儿,又不是你穿。"

白玉洁原本想,跑回娘家住几天,可能王家要有所顾忌和收敛,没想到迎接自己的又是恶言恶语,气得她哭着回到自己的房间,放下包袱,很不情愿地做起鞋来……

从古至今,婆媳大战似乎永不落幕。婆婆看媳妇不顺眼是不需要原因的,即便你再美貌、再勤惠贤淑、再忍辱负重,也一样会鸡飞狗跳地永无宁日。在这方圆百里,有"多年媳妇熬成婆"一说,还有一首民谣更是生动地道出了婆婆对媳妇在精神和肉体上的折磨:

受虐

问了好,请了安,随后装上一袋烟,
没事在那儿立规矩,好像阎王殿里去站班。
活的泥像不易当,两脚麻木两腿酸。
公婆若是不说话,一直站到月亮弯。
若是脚儿长得小,地皮也得杵进三尺三。

横　祸

　　这是一个初春的早晨，残冬的气息仍旧在山野间迂回，河面上的薄冰还没有完全融化，河边虽是"草色遥看近却无"的景色，但扑面而来的山风，依旧给人一种干冷的感觉。

　　白玉洁挎着一篮脏衣服，来到河边，找了一处干净地方，又砸开河面的浮冰，河水清澈见底，并且河水并不是很冷，正好洗衣服。那一堆王有和、白玉鸟、王丙午替换下的脏衣服，让她恶心和讨厌，倒是那浮冰下面缓缓流淌的河水上，几片枯枝残叶随水漂流，触动了她的心弦，王金贵的身影老在眼前晃悠，"他才是自己的意中人呀，现在真想和他说说话，排遣一下心中的烦闷。命运真是捉弄人啊！"想到这里，她不禁轻声朗诵起北宋诗人李清照的《一剪梅》：

红藕香残玉簟秋，轻解罗裳，独上兰舟。云中谁寄锦书来？雁字回时，月满西楼。
花自飘零水自流，一种相思，两处闲愁。此情无计可消除，才下眉头，却上心头。

　　"花自飘零水自流"，自己现在的处境不正如随波漂流的一叶孤舟，自身弱小的力量根本左右不了被别人摆布的命运。

"妹子，不洗衣服，蹲在这里想啥呢？"

就在白玉洁凝神思索的时候，就听身后有人问话，原来是妇救会主席刘金荣。

"妹子，有心事不要老闷在心里，给嫂子说道说道，说不定嫂子还能给你出出主意呢。"

"嫂子，看得出来，你是一个可以交心的人。虽说家丑不可外扬，可王家做得太过分了，我现在实在是没有办法呀！"白玉洁就把自己嫁到王家前前后后的事情说了一遍。

"妹子，同在一个村子，你的事情我也知道一些。要说命苦，嫂子我的命比你更苦。妹子出身有钱人家，从小识文断字，刚才听到你文绉绉地读诗文呢，嫂子多羡慕呀。我从小被人多次拐卖，到现在都不知道亲生父母在哪里，拐卖到咱村后，被刘没味夫妇收为干闺女，取名刘金荣，与本村王兴春做了小老婆。我从小被人欺负惯了，苦也吃了不少，所以我看不惯世上不平之事，我们女人怎么了，我们女人照样可以做男人做的事情，照样可以有一番作为。我家男人不理解，大老婆又不添好话，我就和他们斗，直到他们服输认错。"

"嫂子，真羡慕你呀，自己给自己做得了主。"

"妹子，你的遭遇，大家都知道，都挺同情。求别人不如求自己，'三从四德'的封建礼教早该打破了，我们女人就得挺直腰杆，给自己做得起主，这样才不受人欺负。"

望着刘金荣坚定的神情，白玉洁的心头呼地敞亮了，刚才的劳累、伤痛瞬间变成了力量和信心！

然而，对于白玉洁这个可怜的女人来说，她的命运就如同薄冰下面的河水和这春寒料峭的天气一样，充满了不确定

性……

　　白玉洁思忖着刘金荣的一番话，进了王家大门。

　　在王家，和白玉洁最亲近的人就数放羊的长工郭拉成了。郭拉成见白玉洁挎着一篮洗好的衣服进了门，一副若有所思的样子，郭拉成担心白玉洁想不开，又瞅瞅周围没其他人，就说："闺女，想开一点吧，不能太软弱了。你越软弱，他们越欺负你。你公公是个好人，就因为一辈子软弱，所以怕了一辈子老婆。老辈人说得好呀，万恶淫为首，丙午和李维祥的老婆翟小凤明铺夜盖，就连大伙都看不下去了。你不能这样惯他，男人越惯越坏，迟早吃亏的是你呀，闺女。"

　　白玉洁听了点点头，似乎很受启发，心想："以前王家人都把我当软柿子捏，今天我要为自己做一回主，和他们斗一回，先把自己的男人管好。"想到这里，她一扭身出了大门，朝着李维祥住的小院走去。

　　在李维祥的大门外，白玉洁守了一晚上。天刚有点亮，大门"吱"的一声开了一道缝，一个脑袋伸了出来，朝四周看看，见没有动静，就走了出来，正要迈开步子走路，突然白玉洁从墙角处跑出来，将他的腿牢牢地抱住。

　　白玉洁说："王丙午，我看你今天往哪里跑，你和翟小凤的事还能瞒得住吗？"

　　王丙午一听是白玉洁，立即用手捂住她的嘴，说："好老婆，我这是最后一次，你别嚷嚷了，咱这就回家，以后我会疼你的，咱好好过光景，行吗？"

　　可怜的白玉洁第一次听到自己的男人说好话，信以为真，满心欢喜地跟着王丙午回了家。

　　进了院门，大门一闭，王丙午冷不防一个大巴掌打在白玉洁的脸上，白玉洁猝不及防，一个趔趄倒在地上。

"臭娘们，长本事了，竟敢盯我的梢，我看你是吃了豹子胆了！"王丙午还不解恨，上前用脚又踩又踢，白玉洁一个柔弱女子，哪禁得住这通毒打，她现在是彻底清醒了："王丙午你真不是人，现在哪还有半点夫妻情分，下手这么狠，这是要往死里打我呀，对下人也没见你这么狠过。"想到这里，白玉洁也顾不了许多，一个劲地高呼"救命啊！救命啊！"

大清早的，王有和与白玉鸟被白玉洁的呼救声惊醒。白玉鸟从屋里出来，不问青红皂白，冲上去和王丙午一起毒打白玉洁。白玉洁的呼救声越来越弱，王有和见状，上前去拉白玉鸟和王丙午，白玉鸟"呸"的一声，一口唾沫唾在王有和的脸上，王有和一愣神，白玉鸟乘机冲上去又是一顿拳打脚踢，可怜的白玉洁现在是口鼻流血，浑身是伤，一动也不动了。

王丙午见状，被怒气冲昏的头脑稍稍冷静了一些，伸手去试了试白玉洁的鼻孔，忽然像触了电一样，刷地站了起来，对着白玉鸟说："妈，不好了，她死了。"

白玉鸟将信将疑地也伸手去试了试鼻息和脉搏，她倒是沉得住气，不紧不慢地站起来，朝着白玉洁唾了一口，说："死了好，怕什么。我们给她换上件好衣服，打扮打扮扔到咱家的井里，对外人就说她一时想不开，跳井寻了短见。"

不一会儿，白玉鸟把白玉洁打扮了一番，然后揭开井盖，把白玉洁的尸体扔到了井里，然后坐在院子里哭喊着说："不好了，不好了，媳妇跳井了！"霎时间惊动了四邻八舍，许多人都来围观。

闹　丧

　　常言说得好，好事不出门，坏事传千里。白玉洁跳井寻短见的消息迅速传到了白玉洁娘家，白守财两口是肝肠寸断，悔恨交加，老泪纵横，"可怜的闺女呀！早知如此，还不如让你跟了王金贵呀！是爹妈害了你呀！这可叫我们怎么活呀！"哭声凄惨，催人泪下。

　　这时有人站出来说："区武工队就在咱村，他们口口声声说是老百姓的军队，咱们去找他们，让他们给评评理。"

　　白守财止住了哭，说："也好，这口气我咽不下！"

　　在村公所，昔东抗日政府农会主席王运德正和区武工队队长王录讨论如何团结一切力量齐心抗日的问题。

　　白守财领着一群人进来便说："王主席、王队长，你们都在，我女儿没灾没病的，前几天还回了趟娘家，好好的，这刚回到他们王家去，就不明不白地没了，我们认定是他们王家人害死了我女儿，你们可要给我做主呀！"说着就要下跪，王运德和王录赶紧上前把他扶住，"我们先了解一下情况，如果正如你所说，我们一定给你做主！"

　　白守财走后，王录坐不住了，他掂起茶壶给王运德添上水，一边走一边说："王有和一家真敢下手，还想糊弄全村人，好几户人家都听到白玉洁的呼救声了，再说活着投井和死后被扔到井里，那能一样唠？我看他是屁股底下坐火炷——根子硬呀。咱已经有了自己的队伍，漫不说他一个王有和,十个八个也不算个啥,像他这种地主老财,就要坚决镇压!"

王运德绕地走了一圈,转过身来"啪"地拍了一把王录的肩膀,笑着说:"你把事情看得简单了,到万不得已的时候,咱才大动干戈。"

王录把碗底里的一口水泼在地上,盯住王运德的脸,说:"光西峪村的人还敢跟他斗打两下,加上区里,咱有了这么大的气势,怎么反倒不敢给狗日的来个硬的尝尝?"

王运德把党团结全民抗日的新主张,给王录细讲了一遍,"家有三件事,先拣紧的干。日本鬼子已经打到家门口,打老财地主,只好放到第二步。这就叫民族矛盾超过阶级矛盾。解决了一个,再解决一个。封建势力,自然也是压在穷人头上的一座大山,也不能干脆不理。我老早就对你说过,像王有和这种人,要是不给他点颜色,群众就难以发动,当然也就谈不上团结抗日。"

王录低下头暗自寻思:"这可就难办了,深不得,浅不是。"他猛然抬起头来,说:"要让我看,对地主老财们,先给狗日们来个老和尚剃头——一扫光,然后咱干净利落闹抗日,这多省心。"

王运德把笑脸往起一收,一本正经地说:"这叫'左'倾冒险主义,可万万使不得!"

王录一听怪新鲜,这又是个什么新名词?没等他开口,王运德就说:"吃饭都得一口一口来,不要说是闹阶级斗争,打敌人。漫不说咱的力量还不足,即使兵强马壮,也不能一下就招呼两个大敌人。条件不够,时辰不到的事情,硬要去干,这就叫'左'倾冒险主义。"

这一说,王录可觉得真开窍,心想:"闹革命的道理,可真是越说越深。"他对王运德说:"先打日本鬼,后收拾老财地主,这个道理我懂了。可眼下白、王两家这事情,该咋弄呀?"

王运德说:"如果情况如白守财所说,那么我们就一定要支持白家伸张正义,争取他们抗日,这是一个难得的机会。"他稍稍思索了一下,然后压低声音说,"我看这样做……"

王录带人来到王有和家,拔出手枪说:"白玉洁不明不白地死了,大伙都想弄个究竟,我们要开棺验尸,缉拿凶手。"

王有和吓坏了,急忙说:"有什么条件你们提,我家全答应。"

王录说:"丧事要办得风风光光,三行五经,粗打细唱,还得过金桥银桥。这还不行,白玉鸟要头顶牛角在大街上跪着给媳妇上饭,王丙午要披麻戴孝当孝子。"

王有和忙说:"行,行,行,一定照办,请王队长放心好了。"王家开始准备,白家和围观的群众拍手称快。

王家办丧事必须请人主,白家提出要把西峪村上百口的姓白的都请到。可把请人主的王福栋累坏了,东家出来,西家进去,整整请了一天。出殡那天,吃饭的时候,人主一百多口都来了;央人主时,跑得一个也没影了。

棺材抬出大街,入了棺罩御驾,太阳已经落山。架起的金桥银桥,有半道街长。开始过桥,天已大黑下来,又是灯火通明。先上桥的是身披袈裟的和尚,吹的是庙堂音乐里的涅槃《送西天》,随后是穿了道袍的阴阳,吹奏《送葬曲》。

八音会和吹鼓手不能上桥,是在上下桥的两头吹打。八音会吹的《走西口》,吹鼓手吹的《哭黄天》。

最大的看点,也最让人解气的是,白玉鸟往日的淫威已荡然无存,在众目睽睽之下,头顶牛角,跪着给媳妇上了饭,而王丙午则披麻戴孝,当了一回孝子。他们两个清楚,这回丢人算是丢到家了,这叫自作自受呀。

经过这场丧事风波,王录对王运德是打心眼里佩服,心想:"不光伸张了正义,打击了地主的嚣张气焰;又顾全了抗日大局,不至于撕破脸皮,分寸拿捏得正是火候,我以后可得多学着点。"

夜已经很深了,吵闹了一天的村子又寂静了下来。荒野外,王金贵呆呆地站在白玉洁凄凉的坟前。这个世界上,现在最痛心、最悔恨的除了白守财两口子,就轮到王金贵了。王金贵恨自己空有一身武艺,却无能为力保护那个深爱着自己的女人。自己原本希望她能幸福,不曾想仅仅几个月,便阴阳两隔,真是让人心痛哪!

"玉洁,一路走好!"他在心里默默地祈祷着。

挽 救

日寇对我整个敌后抗日根据地开始穷凶极恶的所谓"三光政策"的大"扫荡"、大屠杀是在1941年春开始的。但是作为太行区门户的昔阳县,却比整个根据地提前了一大步,从1940年3月起,便经受着亘古未有的浩劫了。在这场浩劫面前,对每个人都是一种严峻的考验。

人们常说,一根蔓上会结出不同的瓜。在西峪村,王运德和王运通就是这么一对亲兄弟,俩人一母同胞,一起接受进步思想影响,一起加入中国共产党,一起在区公所工作,就在众人啧啧赞叹的时候,俩人的人生轨迹开始分叉……

就在王运德奔波于区公所各村的时候,令他想不到的是,与他同在区公所的亲哥哥王运通在日益艰苦的抗战形势下,思想开始动摇了。

1940年3月的一天,王运通来到弟弟王运德在区公所的住处,"弟弟,好长时间不见你了。工作上的事情做不完,别太累着。"

王运德抬起消瘦的面庞,"哥哥,谢谢你的关心。一提到工作,我就感到浑身有使不完的劲。这几天,我认真学习了毛主席写的《中国共产党在民族战争中的地位》这篇文章。毛主席说得好啊,我们共产党人好比种子,人民好比土地。我们到了一个地方,就要同那里的人民结合起来,在人民中间生根、开花。广大人民群众,需要我们去团结、去教育、去组织、去发动。因此，我们的工作苦点、累点也值得，谁让我们是共产党员呢。"

王运通好像并没有听到弟弟说的一番话，而是话锋一转，"弟弟，不知你对当前的时局怎么看？依我看，日本人大有吞并全中国之势，凭蒋委员长和咱们八路军这几条破枪，怎么会是日本人的对手？以后这里必然都是日本人的天下，咱们怎么能得罪日本人？每天窝在这山沟沟里，黑豆和野菜把我的胃口都吃坏了，每天胃疼得不行，哪有心思工作。再这样下去，不叫日本人打死，也得叫病痛折磨死。"

王运德微微皱了一下眉，的确感到哥哥王运通有点不对劲，但让他没想到的是哥哥的思想动摇得这么快。王运德关切地对哥哥说道："你嫌区里工作艰苦，可以调换一下工作，或者回家当个教书先生，但决不能走投敌的道路。要看到前途，要看到光明。"

弟弟的劝阻，被王运通当成了耳旁风。1940年4月的一天，王运通终于投敌了，参加了日伪组织的特务组织"新亚会"，成为伪组织的成员。为了讨好日本人，王运通多次在大庭广众之下，极尽自己做宣传之能事，竟然眉飞色舞地说评书，为日本人公开做起了宣传：

众位安静请压言，
咱不论古说今天。
皇军来到咱家乡地，
共建大东亚共荣圈。
皇军来了救苦救难，
咱应该大开门户如迎亲人一般。

八百年前咱是一家,
使的一样方块字,
咸菜酱汤一个味儿。
有道是:打是喜欢骂是爱,
"八格牙鲁"我不见怪,
往后哇,"米西米西"皇军他给,
皇军和咱亲密无间,
乡亲们往后不用受穷苦,
"吆唏吆唏","大大的吆唏"笑开颜。

听到哥哥投敌的消息之后,王运德陷入了沉思,他觉得哥哥蜕变得这么快,自己也有不可推卸的责任。这一段确实太忙了,只和哥哥匆匆见过两三次面,至于哥哥的真实思想状况,虽然有些苗头,但自己却没有想到结果会是这样。

辗转反侧一夜后,王运德决定把哥哥投敌的情况,主动向中心县委书记陶鲁笳做一汇报。

当时正值清明时节,空中正淅淅沥沥地下着小雨。清明时节雨纷纷,清明这天落雨使人高兴。俗话说,清明落雨吃饱米。特别是在昔阳十年九旱这样的地方,春雨更是弥足珍贵,文人形容说:"雨玉、雨珠、不如雨雨","春雨贵如油",清明正是"九九加一九,黄牛遍地走"的春耕春播的农忙季节,庄稼人顶着星星下地。

皋落村,昔东、昔西中心县委驻地。今年清明这天的黎明清晨,满天晴朗,朝霞欲闪,刮着半暖半寒的春风。西半天上的晓星还在闪亮,睡醒的太阳正藏在东方连绵起伏的群山之后,积蓄力量,准备喷涌而出。我们看到一位二十出头的小伙子，他脸色红润，眉秀眼清，军服整齐，神情安逸，胸膛笔挺，迈着矫健的步伐，走出农舍，登上垂柳婆娑的村北堤岸。他抬起头，瞧着堤岸下面的梨树林。今年春早，梨树有的含苞待放，有的已经绽放出玉色白花，白花衬着绿叶，更显得朴素清雅。

看着玉色梨花出神，像吟哦一样的念出声来。他不是诗人，自然不是对景生情，念叨什么："梨花风起正清明，万株杨柳属流莺。"不，他正在考虑昔东、昔西地区当前的形势问题。1940年，因旱灾歉收，加之敌人的频繁"扫荡"和经济封锁，党政军民在生活上遇到困难。开展减租减息，调动广大贫下中农的积极性，做好生产自救，开展大生产运动是当务之急。同时，在严峻的形势面前，一些同志的思想开始了动摇，甚至蜕变为可耻的叛徒。因此，开展党内整风，查斗志，查成分，查历史很有必要。

王运德轻步来到了陶鲁筘的身后，"陶书记，我有一些情况要向您汇报。"

"运德同志，真是来得早不如来得巧。你来得正是时候，你哥哥的情况我也知道了一些，当前我们面临的形势很严峻，敌人对我们的封锁越来越紧，老天也来添乱，严重干旱，粮食歉收。我们队伍中的一些同志在大风大浪面前经不起考验。大浪淘沙始见金，你王运德就是好样的。你们区的工作成效很大，你不要有思想顾虑，你是你，你哥哥是你哥哥，我们共产党人就是要实事求是。当然，你反映的问题很重要，也很及时，在我们队伍中确实存在。所以，下一步，我们昔东、昔西县委要普遍整党，对党员进行普遍审查。至于对你哥哥的处理意见，县委尊重你的意见，为了避免泄露

更多革命干部的信息,避免对我党造成更大的损失,要尽快将其抓捕,及时说服教育,惩前毖后,治病救人,浪子回头金不换嘛。"

陶鲁笤话音刚落,只见昔东县委书记周壁大步流星地朝这边赶来。

"运德同志,原来你在陶书记这儿,让我一顿好找。刚才西峪村的同志送来口信,说你哥哥王运通悄悄潜回了村里,我们研究了一下,你是最合适的人选,决定由你带领区武工队队员对其实施抓捕。"

"坚决服从组织决定,我现在就动身。"

望着王运德远去的背影,陶鲁笤和周壁对视了一下,脸上露出了欣慰的笑容。

这天晚上,在西峪村王有和家里,王运通和王有和正把酒言欢,白玉鸟则不停地给王运通敬酒。

"王队长,你是咱西峪村人,现在渡边太君又这么赏识你,你可得多多关照我们呀"王有和拍着马屁。

"彼此彼此,王先生,我和我弟弟王运德不是一路人,上次因为闹丧那件事,让你们王家在众乡亲面前丢了人,我代表我弟弟向你赔个不是,以后西峪村一切对日本皇军不利的消息,你都要报告我,你的明白。"

"明白,明白。"王有和嘴上应承着,心里暗暗骂道:"什么东西,你才几天呀,就想从我这里捞食抢功,没门。"

王运通经不住白玉鸟的劝酒,喝得有点多了,但他头脑还是清醒的,趁着夜色,出了村口,向三都方向走去。

王运通别提多美了,一会儿想想白玉鸟的骚模样,一会儿想想在日本人跟前领赏的好事,这时从路边冷不丁地窜出几个人,他还没弄明白,就被结结实实地捆上了。

借着月色,王运通看清了,原来是自己的弟弟王运德带人把自己抓了。

"好弟弟,看在一母同胞的分上,你就饶了我吧。"

"你给我闭嘴,有话到县里再说。"王运德狠狠地撂下一句话。

接到报告后,昔东县委书记周壁、昔东一区区长吴克万亲自出马,做王运通的思想工作,王运德也同自己的哥哥做了彻夜长谈,王运通又是痛哭流涕,又是发誓保证。组织上本着惩前毖后,治病救人的原则,决定对其从宽发落,继续在区里参加革命工作。

砍　旗

　　过了春，又是夏。青黄不接寻苦菜，这是西峪村穷人们一年一季的大收成。

　　这一天临近中午，长工刘马小在白运祥家的地里刚锄完玉米，从绿油油的脚踝高的玉米苗间走到地头，又顺便挖了一点苦菜，这一段苦菜便是家里的主要下锅菜了。

　　在西峪村，给白运祥家三辈两辈扛过长工的户，有的是。在这里，头顶人家的天，脚踩人家的地，不要说给白家扛长工、打短活，只要落不到卖儿卖女、家破人亡，哪怕长年累月吃糠咽菜，也就算是个将就日子。要不，村里人们常说：

　　　　坡平沟岔好土地
　　　　哪块不是白家的
　　　　穷人碗里照月亮
　　　　白家囤满粮成堆

　　　　一交腊月穷人愁
　　　　租米利钱实难凑
　　　　千家万户一条路
　　　　不卖儿女去受苦

在那个鬼世道，有些事，实在不能说，说起来真叫人伤心下泪。就说刘马小吧，他爷爷活了一辈子，从小死了娘，上下左右没有个亲人，是够寒心的。到他爹扛长工，走到哪只好把他带到哪，就像他爹的一条肉尾巴。到他这辈，还是在延续祖辈父辈的生活，地租压得人实在是喘不过气来，这种日子什么时候是个头啊！

而就在刘马小感慨身世的同时，在村公所，白希盈、刘金荣、王运来、王计所也在讨论同一个话题。

农会主席白希盈首先开口了："同志们，按照县里和区里的部署，我们要在咱村推进减租减息工作。地租实行'二五减租'，即不论何种租佃形式，均按原租额减去百分之二十五，利息一般减到不超过一分半。最终达到一个什么目的呢？就是贫苦农民的生活可以得到改善，对封建剥削势力也没有根本消灭，农民高兴，地主、富农也可以接受。这项工作在咱村如何推进，我想听听大家的意见。"

王运来接过了话茬，"按照村支部的安排，我做了一些前期摸排和发动工作，下面我把了解的情况说一下。咱们村的土地主要集中于地主和富农手中，各阶层对好地的占有分别为：地主53%，富农20%，中农15%，贫农12%。特别是地主白运祥家拥有好地一百三十亩，占全村八百亩好地的16%，是咱村的首户。村里不少人家租种白家的土地。白运祥到现在还拿着村里的一些事，村里的地主和富农，大多看他眼色行事。咱们也向地主富农们谈过减租减息对抗战有好处的道理，也和佃户们谈过做好减租减息，人们有多大光沾，生活有多大保障的道理。地主富农答应得蛮好，就是光说不动；对佃户们谈了，佃户们一百个赞成，待推选代表向

地主们去交涉时,那可就难了,都比上法场还怵头!"

刘金荣接着说:"运来同志说得再明白不过了,问题就在白运祥身上。他在咱村像杆大旗:扯向东,地主富农跟向东;扭向西,地主富农转向西。大旗镇唬住农民,农民从心眼里怵他。要从根上解决问题,咱首先得把这杆大旗砍倒了!"

王计所一拍桌子,"说得对,我看也是这样。你们说,咱们怎么干吧?"

白希盈一招手,大家会意地围拢了过来,白希盈如此这般地交待了一番,然后白希盈和王运来直奔白运祥家来,刘金荣和王计所则按照白希盈的安排,去配合着做其他事情了。

佣人一开门见是农救会的人,赶快开门让了进去,并小跑着来到白运祥的卧室,站在门外说道:"老爷,农救会的人来了。"白运祥在屋里说道:"快请到客厅。"佣人将白希盈一行让到了客厅。

不一会儿,白运祥边扣着衣服扣子,边往客厅走来,笑嘻嘻地对着白希盈等人说:"白主席,是哪股香风把你吹来了,快请坐。"

白希盈和白运祥两人在客厅的太师椅上就座,白希盈说:"一笔写不出两个白字,你我是同宗同族,我说的话、做的事是不会害你的,请你信任我们!"

白运祥点了点头,"那是那是,请讲请讲,我愿洗耳恭听。"

白希盈说:"日本人祸害咱们中国人,抗日政府提倡有钱出钱,有力出力,你们家是咱村的首富,希望你能给其他人带个好头,为抗战出份力。你能做到吗?"

白运祥忙回答说:"一定一定,听从政府安排。"

"区武工队要在咱村住几天,你家房子最宽绰,武工队准备在你家院里露营!我们也要住下,以便协助武工队开展工作。"白希盈不紧不慢地说道。

白运祥活这大半辈子了,什么场面没见过,什么阵势没应付过,再大再难的事经他这脑子一转,准能应付自如,游刃有余。可今天白希盈冷不丁地提出这么一个棘手的要求,他真是又恐惧,又着急,豆粒大的汗珠趴满前额。他很明白,"不答应吧,穷鬼们现在可不比从前,背后有共产党八路军撑腰,势力大着呢;要真的住下,日本人、伪军不来便罢,要是来了,他的家产,他的妻儿老小,连他自己,一切的一切都得完蛋。"

他呆呆地望着白希盈,心里想:"武工队怎么还要住?他们住在这里干什么?难道我要倒霉?不然,怎么和我泡上了?"

白希盈望着发呆的白运祥,心想这一着奏效了,便把口气放得更加缓和:"白先生,今天你为我们担了惊,受了怕,可是武工队和我们的工作今天晚上就得进行,要是办不完,还得继续麻烦你……"

"噢噢!"白运祥听到这儿,心里想:"是什么工作扯得他们老在我这里泡?难道我不可以问问?"想到这里,他开口了,"白主席,刚才说了,咱们是同宗同族,斗胆问一句,你说今晚你们的工作就要进行,是什么工作?我姓白的能搭把手,帮个忙吗?"

"抗日工作是大家伙的事,你白先生只要愿意,我们是

求之不得。"白希盈看了一下王运来，"白先生愿意协助我们工作，咱们现在就谈一谈。工作完得早，早走；完得晚，晚走；完不了，就长住此地不走了！"白希盈像是取笑打哈哈地说，其实也是在说与白运祥听。

"白先生，那我就不客气了！"白希盈稍微侧了侧身子说起来，"我们要进行的工作就是减租减息。抗战要想胜利，前方必须有充足的物资供应。物资要充足，就必须发展生产。减租减息就是抗日政府发展生产的一大措施。因此，所有的抗日民主根据地都要进行。咱村是抗日模范村，这项工作更得推进好。这些道理我们也几次三番地谈过，可是那些出租放债户，都是嘴头答应，不肯下手做。这个事白先生也知道，现在白先生愿意协助，村里的情况你又熟，当然我们也有个耳闻，就请你给想个完善的办法。"

白希盈末尾的几句，正好捅在白运祥的要害上，白运祥的脸色刷地红起来。他心里思忖："闹半天你们是为这码事来的！好家伙。早知道你们跟我玩这个，我可不磨蹭。"转头他又一想："不行，要是按照抗日政府的'二五减租'政策一减，我就吃大亏啦！不减，他们又不走。这该怎么办？"他前伸伸不得，后退退不得，左右为难地一个劲地抓脑瓜皮。

权衡再三，白运祥只得说："行行，减吧。其实早先人们不减，也真有难处，都不知怎么做。既然白主席在这里指教，就从我做起，你们说怎么减，我就怎么做！"

白希盈点了点头，然后转过身来，对着王运来说："运来，你去看看金荣和计所他们准备得怎么样了？"

王运来起身出了屋子，不多一会儿，只听得外面人声鼎沸，像炸开了锅。

白运祥正在纳闷，忽然自家的大门"咣当"一下被人推开了，"哗啦"进来泾渭分明的两拨人。从衣着到神情上看，贫富立刻分出来：一拨穿得破上破，补丁垒补丁，喜笑颜开，有说有笑，保准不是佃户也是债户；一拨衣服厚墩墩，干干净净，哭丧着脸，没精打采，不是地主也是吃利钱的放债户。

白运祥这时才如梦方醒，心里想："我原本想用'掺糠喂鸡哄蛋'的办法，先把他们哄走，再缓下来想对策，不成想道高一尺，魔高一丈，这帮穷鬼还真有办法，是我小瞧了他们。我这是搬起石头砸自己的脚，认倒霉吧。"

白希盈看了看正在发呆的白运祥，"白先生，你刚才已经承诺率先垂范，推行减租减息，现在当着大家的面，你再说两句吧。"

白运祥心里一百个不情愿，但表现得心甘情愿的样子，"腾"地站起来，走出屋子，走到台阶上，清了清嗓子，"乡亲们，老少爷们。咱村人都称我是首户，首户干什么也不能走在后面。抗日政府为了把鬼子早日打出去，让胜利早日到来，要发展生产。生产必须得有人干。要是咱有钱的不为穷苦点的人们想，他们自然不好好生产，所以就颁发了减租减息法令，这个我从心眼里拥护，要减就先从我这里来。谁是我的佃户，谁是我的债户都到我这里来，我是按规定减下去。"他这么一说，别的地主、债主虽说心里不愿意，觉得有八路军武工队在，白运祥都领头减了，自己也找佃户、债户修改租佃规程，按政府法令制订了新的契约。

以往在西峪村跺跺脚，全村都要颤一颤的白运祥，今天

是锐气完全丢掉，威风完全扫除，所谓摇不动的一杆大旗，就这样给砍倒了。

这天晚上，刘马小全家破开荒地做了一顿白面疙瘩饭。他有一种如释重负的感觉，生活有了盼头，心里想："共产党八路军真是咱穷苦人的贴心人啊！我刘马小，这辈子也忘不了共产党八路军的恩情！"

深 情

经过战争年代的人,自然对过去的岁月有着特殊的眷恋,当年曾与群众朝夕相处的人,对过去的生活岁月更是难以忘怀。

夏日的阳光直射在"堡垒户"刘永贤家斑驳潮湿的四孔土窑洞上,窑洞依山而建,窑顶覆盖着与女萝草纠缠在一起的菟丝花,周围是一片茂密的野草,再远处就是庄稼、枣林,还有深浅高低不一的壕沟和土岗子。这里离村有二里地,再加上这个季节,玉米、高粱都长得一人多高,很少有人看到这里。去年秋天在村口那次战斗中负伤的五名伤员被安排到这里养伤。

刘永贤一家出身贫苦,阶级觉悟高,斗争性强,刘永贤又是民兵,因此村干部一致决定将这里作为一个中转站,这对于掩护伤员、运送情报、长期坚持抗战,是非常必要的。

当王计所代表党组织征求刘大妈、刘大爷的意见时,他们二话没说就痛快地答应了,"你们是在为革命奔忙,我们当了革命的后勤,觉得很光荣,只要我们不死,这把老骨头就跟定你们了。"

自打五名伤员来的那天,刘大妈就说:"娃们好好养伤,住到这里,就和住到你们家里一样。你们为打日本鬼子带了花,这是光荣的!大妈就是舍了这条老命,也要把你们侍奉好!"

刘大妈是这样说的,更是这样做的。平时有好吃的先让伤员吃,就是儿子刘永贤回来了,也舍不得给吃一口,缝补衣服、洗纱布绷带、做饭、喂饭喂水,就更不用说了,真是无微不至。刘大爷则负责挑水、采药、采购必需品、对外联络、警戒……也是一刻闲工夫也没有。五名伤员在老两口的悉心照料下,一天天地好起来。

战士小张负的是轻伤,已基本好了。这一天,他帮刘大爷挑了一担水从外面进来,担进了厨房,只见刘大妈站在锅台跟前,两手托捧个白胖滚圆的东西在认真地拾掇着,仔细一瞅才看清楚,接着就说:"大娘,我说今天早上你们家的大红冠公鸡怎么不打鸣啦,弄半天给宰啦!留它啼鸣该多好?"

"给你们吃了肉,把身子骨尽快补得结结实实,好打小鬼子,那不更好?"说着刘大妈熟练地捅开煤泥火,坐上锅,把整只鸡放进锅里,加上调料,盖好锅盖,不一会儿,一股炖鸡的清香味便充溢了整个房间。

一锅香喷喷的鸡汤连肉带汤分成五份,一个伤员一大碗。刘大妈安顿好伤员后,就和刘大爷躲到厨房里去了。战士小张蹑手蹑脚地蹭到厨房边往里一望,只见刘大妈、刘大爷正在大口大口地吃着玉荾面搅野菜的"糊糊"饭。小张鼻子一酸,眼泪情不自禁地往下流。"啊,多么可敬的刘妈妈,您把好吃的让给我们,自己却这样艰难度日,这是金钱难买的骨肉深情啊!"

几天后,战士小张的伤彻底养好了,他正在窑洞里收拾行李,捆打背包。刘大妈则坐在土炕边,一脸的不舍,脸上留着几道泪痕。刘大爷则蹲在门口,一个劲地抽烟。

深 情

小张背起了背包,轻轻地来到刘大妈和刘大爷身旁,"大爷、大妈,谢谢你们这么多天对我的照顾,我的伤才好得这么快,我一辈子不会忘记你们的恩情。到了部队上我一定好好杀敌,早日打败日本鬼子,让你们过上好日子。"说着背起背包往外走,大伙一起跟着送到院子里。

刘大妈握着小张的手说:"孩子,不管你以后走到哪里,走多远,这里永远是你的家,我们等着你回来。"

刘大爷说:"好小子,到了部队上多杀几个日本鬼子,不要给咱丢脸,去吧!"

小张向前跑了几步,回身向大伙敬了一个标准的军礼,然后一转身迈着坚定的步伐消失在村外。

夜晚天上下着小雨,民兵刘文成和白希成在村口放哨。看见远处走来一个人,刘文成问了一声:"谁?"

来人回答道:"喊什么喊,老子是三都炮楼的孟广善,皇军让我来看看最近有没有八路在你们村活动,你们村有没有人通共。"

刘文成把他引到了村公所,刘风鸣好酒好饭招待了他。

吃完了饭,孟广善把一条腿放在长凳上,一只手抠着牙缝,头上的帽子歪戴着,眯着眼问道:"说说你们村近来的情况,皇军还等着回话呢!不老实说,小心皇军!"

刘风鸣忙说:"平安无事,平安无事。"刘文成也附和着说:"说的是,说的是,有皇军在,八路哪里敢来呀。"

这时,白希成突然看到一把明晃晃的刺刀从门外伸进来,孟广善正好背对着门,白希成悄悄走过去,用手轻轻地把刺刀推出去。

刘风鸣赶紧与孟广善拉话:"孟队长真是人如其名,广

结善缘,一个好人哪!平时没少关照我们村,村里人老提念你,希望孟队长今后多来村里走走,多多地关照我们村。"

孟广善听了脸上像开了花一样,笑着说:"见外了,见外了,咱们都乡里乡亲的,一切都好说。"

就在刘风鸣支应孟广善的时候,白希成悄悄开门来到院中,持刺刀的是武工队范队长。

白希成用手指了指屋里,又向范队长摆摆手,范队长会意地点点头,一挥手带着几个武工队员消失在茫茫夜色中。

第二天天刚亮,一队日伪军来到西峪村,他们进村后砸门、放枪,说有八路藏在村里。刘风鸣听到声音后,怕村民受害,便出来应酬。

敌人把他带到一个院子里,日军小队长把刘风鸣当胸一把抓住,把指挥刀架在他的脖子上,用贼溜溜的眼睛盯着刘风鸣说:"你的说,八路的藏在哪里?不说实话,死了死了的!"

刘风鸣从敌人的口气中听出他们并不知道武工队藏在什么地方,又想起刚刚死在敌人手里的哥哥刘风青,一团怒火不由从心底升起,但他还是保持了最大限度的克制,面不改色、心不跳地说:"太君,真的没有八路,我敢拿脑袋担保,如果能搜查到八路,尽管拿我是问。"

日军小队长先是一愣,接着哈哈一笑,说:"吆唏,你的良民大大的,维持会长的好好干,有八路的消息,皇军的告诉。"说着慢慢从刘风鸣的脖子上取下指挥刀,拍拍刘风鸣的肩膀,向日伪军一挥手,说道:"开路开路的。"

日伪军一窝蜂似的走了。刘风鸣倒吸了一口凉气。

这一天,陈子万从区公所回来,径直来到王殿义家。王殿义正在院子里修院墙,听到脚步声回过身来,一看是陈子万,忙放下手里的活,拍拍沾满泥土的双手,说:"陈先生,你来了。"

"我是来告诉你一声,上级有命令,我得马上离开西峪村了。"

王殿义像是没听明白,愣在了那里,半天才说了一句:"你说什么?"

"接到上级命令,我要离开西峪村了。"陈子万又重复了一遍。

"你要走了,孩子们怎么办?"

"上级已派了一个新先生来,不久就会到来。"

"自从你来后,对我们西峪村帮助太大了,我真是不舍得你走呀!希望你以后有机会再回来。"王殿义满怀深情地说道。

陈子万与王殿义依依不舍,握手话别。

陈子万虽然来西峪村时间不长,但很快打开了局面,和村里的群众打成一片,结下了深厚的友情,特别是一看到刚培养起来的共产党员、村干部生龙活虎,打心眼里感到欣慰和痛快。确实,在这些人的身上,能看到一种雄厚的力量。这力量就是那坚强的意志,火一般的热情。有这样的意志,这样的热情,一切阻挡革命前进的东西,都将会被轧毁、碾碎。

换 人

陈子万离开西峪村的第三天,西峪村村口进来一个人,儿童团用红缨枪一拦,"路条?"来人从怀里掏出一张纸条,让儿童团员查看,儿童团员接过纸条仔细地看了看,然后把红缨枪一收,"走吧",那人提起行李朝村公所方向走去。

来人三十岁左右,身材高挑,穿一件深蓝色的长袍外衣,头戴一顶黑色礼帽,脸色白净,还戴着一副眼镜,长袍的纽扣处插着一支钢笔,在阳光的照射下一闪一闪的,很是醒目。他手里提着一只皮箱,脚上穿着一双黑色的圆口布鞋,走起路来很有精神。

不一会儿,他来到了村公所,村公所的门开着,他把头伸进去,问了一声:"这是村公所吗?"

这时从屋里走出两个人来,一个是西峪村党支部书记王殿义,一个是村长(维持会长)刘凤鸣。刘凤鸣上下打量了一下来人说:"你是新来的教书先生吧?"

来人脱下礼帽,一点头说:"正是,我是新来的教书先生,我叫李维祥。"

王殿义说:"陈先生走时就说你很快就会来的,果然今天你就来了。凤鸣,快招呼先生住下。"

刘凤鸣从地上提起皮箱,对李维祥说:"李先生,跟我来,学校在那里。"说完,领着李维祥向学校走去。

王殿义看着李维祥的背影,脑海里不由浮现出陈子万的样子，似乎觉得两个人风格迥异，判若两人。他站在那里若有所思，一会儿又摇摇头，用右手摸着自己的脑袋，笑一笑，转身回到了屋里。

　　刘凤鸣把李维祥安顿在学校里，不一会儿从李维祥的寝室里传来了一阵悠扬的二胡声，曲目是阿炳的《义勇军进行曲》，听到二胡声，村里许多人寻声而来，在李维祥的寝室外聚集了很多人，男女老少都有。

　　一曲《义勇军进行曲》拉完，李维祥开门出来，他看到了那么多人，赶快说："大伙请进屋吧。"这时人群中有人说了一句："我们只想听你拉二胡，你再给我们拉一曲好吗？"

　　李维祥说："好的好的，我以后就住在咱们村了，来当教书先生，只要大伙愿意听，我就天天拉给你们听。"说完，从屋里搬了一条凳子，拿着二胡坐在人群的对面，轻轻地试了试琴弦，接着又拉了一曲刘松华的《光明行》。

　　人们听得如醉如痴，曲终人不散。李维祥又从屋里拿了些糖果给小孩子们分着吃，人们开始议论说："李先生人多好呀，就像一家人一样。"

　　"李先生比陈先生还好处呢！"

　　"这样的好人让咱们村摊上了，孩子们有福呀！"

　　李维祥听了只是笑。

　　凭着自己的特长，在较短的时间内，李维祥便和村里的人熟识了。村子里唱大戏，杨维清给戏班拉二胡。村里人有个婚丧嫁娶的，李维祥也会到场拉上一曲。李维祥走在街上见了人就打招呼，还不时地弯下腰抱一抱村里的小孩，显得和大家很熟很热情。

这一天，李维祥来到地主白有福家，白有福说："先生怎有空来我家，我还想过几天请你来我家吃饭呢，你倒先来了，这是缘分呀！"

"我今天是先抽空来看看你，就不多坐了，改日再来专程拜访。"李维祥很客气地应答着。

从白有福家出来，李维祥又来到地主王有和家。李维祥和王有和在客厅里坐定，下人上过茶水，李维祥说："王宅好气派呀，我好像是进了皇宫一样。"

王有和说："先生真会说笑话，山庄小院哪敢和皇宫相提并论。先生你在哪里住呀？"

"教书先生自然是住在学校了。"李维祥附和道。

王有和很是关心地说："那哪里是人住的地方，我有一处小院闲着没人住，你把夫人接来，就住在那里吧。"

李维祥有点受宠若惊，"无功不受禄呀！我怎么敢要你的房子呢，我还是住在学校的好。"

"先生就不必推辞了，你就选个日子搬过来吧！你是天上的文曲星，也好让我们沾沾喜气。"

"我今天登门拜访，只是想让咱们之间熟悉熟悉，没想到受了你这么大一份厚礼。既然先生这么看重李某人，我也只有恭敬不如从命了。今后你有什么事尽管吩咐，我一定尽力。那我就不多打扰了，先回学校准备准备明天的课。"

真是想睡觉，就有人递枕头。李维祥满心欢喜地从王有和家出来之后，并没有去学校，而是连夜赶到昔阳城把老婆翟小凤接到了村里，住进了王有和家的小院中。那个小院紧挨着王有和家的高墙大院，显得十分幽雅。

一天早上，王丙午从自家这座幽雅的小院门前走过，这时,"吱呀"一声,院门开了一扇,冷不丁从门里倒出一盆脏水,把王丙午浇成了一只"落汤鸡"。

王丙午从小到大,养尊处优,哪受过这种冷遇,不由勃然大怒,"哪个瞎了眼了",话说了一半,眼却直了,从门里出来一位穿着旗袍,烫着波浪头的少妇,妩媚百态,风情万种,手里拎着一个脸盆。此人正是李维祥的老婆翟小凤。

翟小凤虽是一个见过场面的女人,此时也不觉有点手足无措,脸不由得红了,更显得娇媚可爱。王丙午现在骨头都快酥了,忙不迭地说:"没关系,没关系,换身衣服就行了。我叫王丙午,你住的就是我们家的小院。你是刚来的吧,以前怎么没见过?"

翟小凤仔细打量起面前这个人来,王丙午正值青春年少,生得又风流倜傥,"明明是自己做错了事,这位公子还给自己找台阶下,真是个会事的人呢!"心里想着,嘴里急忙接上王丙午的话茬:"王公子,实在对不起,住你们的家,现在又把你浇成这样,我今天这是怎么了?要不嫌弃的话,进来我给你找身我家男人的干净衣裳换上?"

王丙午心里暗喜:"我今天是交了桃花运了。"嘴里说着:"不用了,不用了",腿却已经迈进了院子里。就在翟小凤从柜子里找衣服的时候,他从后面把翟小凤紧紧地抱住了,而翟小凤不知是理亏,还是心有灵犀一点通,也不躲闪,任由王丙午的手在自己身上随意摸着……

李维祥来到西峪村一晃就是半年时间,刚过了正月十五,过几天孩子们就要结束寒假开课了。

正月十八这一天,李维祥到村公所准备了一下新学期的用具,早早地就提着一个皮夹子回家了,他知道今天家里请

了一个贵客。

李维祥走到门前敲了敲门,大门"吱呀"一声开了,老婆翟小凤妖媚十足地开了大门,嗲声嗲气地说:"先生回来了。"李维祥哼了一声便进去了。

李维祥住的正屋里放着一张很漂亮的八仙桌,桌子周围坐了三个人:李维祥、翟小凤、王丙午。

桌子上有酒有菜,三个人推杯换盏,王丙午一边和李维祥碰杯,一边用眼瞟着翟小凤;一边和翟小凤碰杯,一边用脚在桌子下面蹭翟小凤的腿。

翟小凤用眼瞟了王丙午一下,小嘴一撇,端起酒杯一饮而尽。

这一切,李维祥假装没看见,只顾自斟自饮。

酒过三巡,菜过五味,王丙午从口袋里掏出一张地契,递给翟小凤,乘机摸了摸翟小凤的手,说:"这是四亩地的地契,你收着,我再派几个长工给你过来耕种,你们的吃喝就不用发愁了。"

翟小凤接过地契放到一边,用手绢一边擦着手指上的戒指,一边说:"强龙不压地头蛇,在你的地盘上,不靠你,靠谁呀!以后少不了麻烦你,你就心疼心疼我们吧。"

李维祥这时也站起来说:"咱们是邻居,房是你家的房,地是你家的地,自然人也是你家的人了,有时间你就常过来坐坐,远亲不如近邻嘛!"

王丙午尴尬地笑了笑,"还是先生明白,和你这样的人相处就是来劲。你们的事就是我的事,在西峪村没有我办不到的事。"说完,三个人又畅饮起来。

铁 骨

又是一个初夏的早晨，升起的太阳虽说又开始施展它的威力，露珠依旧钉伏在肥硕、葱绿的庄稼叶上，闪着晶莹的光亮。

王计所和民兵小分队扛着几百米长的电线和几十个电杆上的瓷瓶，像打了大胜仗似的，进了村口。

这时，一个民兵跑来，"报告王队长，刘马小刚才被三都炮楼的伪军给抓走了。"

王计所把拿枪的手一挥说："快，跟我来。"大伙追到村口一看，抓刘马小的人早已跑得无影无踪了，王计所把枪别在腰间，双手叉腰，向着三都炮楼方向凝望了一会儿，说："赶快回去向上级汇报，想办法救人。"

三都炮楼，警备队长翟启元正在办公室内打电话，一个伪军进来，"报告，田队长到。"翟启元放下电话，"有请田队长！"

翟启元要请的这个田队长，名叫田计科，是附近最有名的地痞无赖，好逸恶劳，偷鸡摸狗，几乎无恶不作，夏天是偷别人家的菜，秋天是偷地里的粮食，到了冬天，就去偷鸡。家人拿他一点办法没有。一次偷鸡，被人给抓住了，一顿暴打，最后叫人在脸上划了一刀，留下了刀疤，人送外号刀疤脸。鬼子来前，名声太坏，村里人见人打，实在混不下去，后来就逃到了县城。

要说这人渣到哪里都是人渣,到县城还没几天,就因为偷东西被人围殴,险些丧命,最终沦为乞丐。鬼子来了,田计科翻身了。日本人需要建立棒棒队,而好人家谁又会去牵这个头呢,日本人初来乍到,两眼一抹黑。正好就凑上来这么个东西,一拍即合,就成了三都棒棒队的头子。

这帮人渣在田计科的带领下,那可真是坏事做绝,欺男霸女,巧取豪夺,简直是家常便饭。那些曾经教训过他们的人,就更是没活路,不搞得家破人亡,决不罢休,因此民愤极大。

其实日本人可怕,毕竟对情况不熟悉,加上这么个东西,就真是狼狈为奸了。每次鬼子下乡,他都是领头的,加上哪里都知道点情况,很多村庄的损失都很大。真是敌人不可恨,汉奸最可恨。附近的人都恨透了他,可是没办法,有日本人撑腰,也就只能敢怒不敢言。

"报告!"

"进来!"

田计科从门外走进来,只见他个子不高,一脸一身都是肥肉,头戴一项日军军官帽,脸上五官长得很紧凑,小眼小鼻,两只扇风耳,短下巴,左脸上有一道明显的刀疤。上身穿一件对襟的白汗衫,扎着一条宽皮带,外套一件黑色的对襟褂子,腿上穿着一条日军军裤,还套着一双黑色皮靴,手里拿着一条马鞭。一进门就朝着翟启元笑,说:"翟队长有何吩咐,我一定照办。"翟启元说:"我们从西峪抓来了私通八路分子刘马小,武工队可能就住在他家,你去审问,撬开他的嘴,我会报告皇军给你奖励。"

田计科心里像吃了蜜一样得甜,脸上笑成了一朵花,拍着胸脯说:"你就瞧好的吧。"

几声"咔咔"的走路声传来,田计科来到了关刘马小的牢房前,他看了看躺在地上被黑布条蒙着眼的刘马小,阴森森地对看守说:"打开,把他带到审讯室。"两个看守打开牢门,架起刘马小就往外拖。

刘马小眼睛上蒙着的黑布条被解了下来,他使劲眨眨两眼,一道惨白的灯光照得他的眼睛生疼发酸。自下午在村里被抓,他的眼睛已经被黑布条勒了整整一个下午了。

好不容易适应了照在他脸上的灯光,刘马小看到,此时自己身处一间不大的屋子里,除了桌子上直射他的那盏台灯,整个屋子四周都是黑乎乎的。和他隔桌相望的是一张狰狞的脸,左脸上有一道可怖的刀疤。

刘马小看到自己被绑在一张椅子上,模模糊糊可以瞧见墙壁上挂着皮鞭、铁索链子、火钳子、烙铁等刑具。他明白了,这间阴森可怖的屋子就是审讯室。

"你叫什么名字?"田计科冷冷地开腔问道。

"武工队藏在什么地方?"田计科的问话简短而冷峻,连目光都透出一股刺骨的寒意。

"我家里从来没有去过你说的武工队,你让我交代什么。你非逼我说,那我说武工队藏在你家了,你信不信?"

田计科一听这句话,鼻子都气歪了,他啪啪给了刘马小两个耳光,骂道:"刘马小,你他妈敬酒不吃吃罚酒,休怪老子翻脸不认人!"

骂毕,田计科冲身后站着的两个打手一挥手,命令道:"来人,把他给我吊起来,给他点颜色瞧瞧。"

两个凶神恶煞般的打手立即把刘马小从椅子上架起来,

拖到墙边的一根木杠子十字架前，三下五除二就把刘马小给吊在了十字架上。

"给我把他的衣服剥光，狠狠地抽！"田计科咬牙切齿地发令道。

于是，一个打手上前迅即把刘马小的衣裤给扒了下来，只剩下一条大裤衩；另一个打手从墙上取下皮鞭，先在地上的木桶里蘸了下水，挥手在空中舞了一个脆生生的鞭花儿。

"刘马小，我看你还是说了吧，好汉不吃眼前亏。不然的话，嘿嘿……"田计科冲刘马小说道。

"你为啥要冤枉好人啊？俺真的什么都不知道啊。"刘马小委屈地说道。

"打！"田计科呵斥道。

打手接到命令，便甩开膀子用尽吃奶的力气，劈头盖脸地朝刘马小身上抽起了鞭子。

经过冷水浸泡的鞭子一下一下抽在刘马小的身子上，立刻就起了一条条血印子，不消一刻钟光景，刘马小浑身就皮开肉绽了，疼得他是咬紧牙关，仍然发出了低低的痛苦呻吟。

田计科走过来，俯身说道："马小，老实说了吧，武工队藏在你家什么地方，你看看这里的刑具，哪一件都会让你皮开肉绽的，弄不好你的小命也得玩完。乡里乡亲的，我才好言相劝，你只要说了，我保证你平平安安地回家。"大半天，刘马小一言不发。

"不说是不是？来，弟兄们，给他上点儿药。"说着田计科从旁边一个打手手里拿过一个纸包打开，笑嘻嘻地走到刘马小背后，把里面的辣椒面子全都抖到后背上张开的一

铁 骨

道道血口子上。刘马小大叫一声,身子一挺,痛得晕死了过去。

"拿凉水把他给泼醒了,看你的嘴厉害还是老子的辣椒面厉害!"

一个打手咧着嘴,提过一桶水来"哗"地倒在刘马小的头上。刘马小苏醒了过来,他咬着牙看见了田计科笑嘻嘻的、一口黄牙的刀疤脸。

田计科走到刘马小的面前,恨恨地问道:"说还是不说?"

"俺真想说啊,可俺不知道说什么。"刘马小嘴角淌着血水说道。

"刘马小,我看你真是死猪不怕开水烫,不见棺材不落泪啊,不给你点颜色瞧瞧,你就不知道马王爷长几只眼。"田计科说道:"老子今天要看看到底是你的嘴硬,还是我的家伙硬!来人,大刑伺候,给我用烙铁烫死他!"

于是,刘马小再次被打手吊在了木杠子十字架上。然后,一个打手把烙铁放进炭火炉子里,蹲下身子拉起了风箱。

炉子在风箱的吧嗒声中不一会儿就蹿起了簇蓝的火苗子,烙铁也慢慢由黑变红,由红再变成了炽白。

田计科走到炉子跟前,从里面抽出烙铁,先将烙铁尖子在木桶里的水中沾了一下,只听"刺啦"一声响,就腾起了一团水雾。

"刘马小,说吧。"田计科举着烙铁在刘马小的眼前晃动着,"现在还不晚。"

刘马小闭上了眼睛,紧闭着嘴唇,一个字也不说。

田计科看到刘马小这副样子,气得七窍生烟,他狠狠地骂道:"妈的,叫你嘴硬!"

说罢,就把红红的烙铁狠劲地按在了刘马小的胸脯上。

立刻,一股皮肉被烧焦的难闻的煳味充斥了刑讯室,烙铁烙过的地方已经变成了一大块黑红相间、黏液四溢的半熟的烤肉,刘马小惨叫一声,痛得昏了过去……

刘马小再一次被用冷水浇醒。

"咋样,马小,这滋味不好受吧。别撑着了,早点儿说了吧,免得活受罪。"

"呸,日本人的狗,吃里爬外的败类!"刘马小把脸扭到了一边。

"嘿嘿,你就骂吧,我田计科从小就是挨村里人的骂长大的,你再怎样骂我都不怕,我要把你的嘴撬开,说出让我升官发财的名单来。"

"做梦去吧,我是死也不会说的。你爹娘白生养了你一回,还想升官发财,你顶多就给日本人倒倒夜壶,提提马桶!我刘马小生来行得正、走得端,眼里容不得半粒儿沙子,狗日的小鬼子在我们的国土上到处烧杀抢掠,我刘马小虽说没念过几天书,大道理我不懂,可这是非黑白我能够看得清清楚楚!是硬骨头的中国人的话,就不给小鬼子当孙子!想从我刘马小的嘴里知道八路军武工队的情况,比登天还难!八路军武工队是老百姓的盼头,是老百姓心里的依靠,我刘马小是不会做对不起他们的事的!你们,这些日本人的狗,软蛋,怂包,哈哈!"

"打!给我往死里打!"也许是被戳到了痛处,也许是自己讨好主子的美梦破灭了,一向厚颜无耻的田计科显然被激怒了,近乎疯狂地命令道。

刘马小的尸体被抬回了村里,许多人闻讯赶到村口迎接,家人哭着喊着,大家个个握着拳头,用愤恨的目光看着三都方向。

刘马小家里,满屋子民兵都低下头来,寂静无言,王计所"哇"一下趴在大方桌上就哭起来。

过了半顿饭时,刘风鸣站起来,十分沉痛地说:"革命是要流血哩,好日子不会白手得来。马小兄弟铁骨铮铮,在敌人刀子下没低头,舍命救了全村人,够得上个英雄!死了也是光荣的!咱们活着的人光哭不顶事,要把这笔账记起来,替马小兄弟报仇!"

王计所猛地站起来,一只手握枪,一只手紧握拳头,又把刘风鸣的话重说了一遍:"对,把这笔账记起来,替马小兄弟报仇!"

除 奸

自从刘马小遇害后,田计科便蛰伏了一段时间,感觉已过了风头,相对安全了,这一天就又带着一队伪军来到西峪村公所,村长刘凤鸣赶忙出来打招呼。

"最近村里来过八路军、武工队吗?不说实话,刘马小就是下场,你是维持会长,不老实照样没有好下场。"

"田队长,看你说到哪里了?我是什么样的人,你还不知道呀,每天给你们忙前忙后的,只要有点消息我都给你们说了,最近这段时间确实没有八路军、武工队来过。"

"听说你们村的剧团不错,演上一场让我们开开心,今天我看不了戏是不会走的,你去安排吧。"

刘凤鸣给田计科倒了一碗水,说:"你先喝口水,我这就去安排。"说完走了出去。

不一会儿,刘凤鸣进来,对着田计科说:"都准备好了,专门给田队长演一场穆桂英挂帅,咱们去戏台看戏吧。"

田计科一伙来到台下,周围也有一些群众围观。

戏要开演了,随着"咚咚咚"一通大鼓,台下喧闹嘈杂的声音,突然变得鸦雀无声。人人都聚精会神地往戏台上看,只见穆桂英英姿飒爽地出场了!对打场面十分热闹,锣鼓声响彻村里村外。

一家人闻边报雄心振奋,

除 奸

穆桂英为保国再度出征。
二十年抛甲胄未临战阵,
哎,难道说我无有为国为民一片忠心!
[快板]
猛听得金鼓响画角声震,
唤起我破天门壮志凌云。
想当年桃花马上威风凛凛,
敌血飞溅石榴裙。
有生之日责当尽,
寸土怎能够属于他人。
番王小丑何足论,
我一剑能挡百万兵。
[散板]
我不挂帅谁挂帅,
我不领兵谁领兵!
叫侍儿快与我把戎装端整,
抱帅印到校场指挥三军。

田计科也许是做贼心虚,心里暗想:"原本是闲得没事,听听戏找点乐子,没想到台上唱了一出穆桂英挂帅抵御番兵的戏,这是讽刺我不如一个女流之辈,投靠日本人当汉奸呀。哼,敢讥讽我,我让你们唱不成。"

想到这里,这家伙从台下走到台上,摸摸锣和边鼓,说:"这东西不错,我拿回去玩玩。"说完抱起来要走,围观的群众"哗啦"一下就围了上来,有的人说:"放下东西走人,不要欺人太甚。"

田计科抱着锣鼓,转着看了一圈,不以为然地说:"我是借你们的用一下,让三都的剧团使一使,又不是不还你们,你们这是干什么呀?!"

刘凤鸣赶紧打圆场说:"大伙不要急,我担保,田队长拿回去用一用,很快就会还回来的。"

田计科赶紧说:"那是,那是。"说完带着他的人马一溜烟地跑了。

在区公所,李端亨与王殿义坐在桌子的两边,面对面坐着,王殿义"吧嗒吧嗒"地抽着烟,李端亨在低头看一份材料。看完后抬起头来对着王殿义说:"这个田计科也太嚣张了,在他手里已经有了血案,不能让他再祸害人民了,区里同意你们组织力量把他除掉。"王殿义在鞋底上磕了磕烟杆,把它与荷包捆在一起,说:"好吧,汉奸的气焰太猖狂了,不给他们点颜色不行了,我回去就组织力量把田计科拿下。"

乔显录带领西峪村民兵跟踪了田计科一段时间,终于等来了动手的机会。

农历四月初四是三都村赶庙的日子。三都村赶的是黑山大王庙和奶奶庙。传说黑山寨的黑山大王专做劫富济贫的义举,官兵累剿不胜,黑山大王后来成神成仙,为关公化身,手持青龙偃月刀,身高几十丈,能脚跨两座山峰,老百姓把他奉若神明,至今当地的一些老人大年三十都要将煮好的猪头肉放在院子里,燃三炷香,烧上三张黄裱,敬上三杯酒,顶敬黑山大王。奶奶庙,供奉的是碧霞元君,是道教中的重要女神。传说中的碧霞元君神通广大,能保佑农耕、经商、旅行、婚姻,能疗病救人,尤其能使妇女生子,儿童无恙。故旧时妇女信仰碧霞元君特别虔诚,在各地建有许多"奶奶庙",并常在左右配祀送子娘娘、催生娘娘、眼光娘娘、天花娘娘这四位娘娘。这种信仰至今仍很兴旺。

每到四月初四这一天,人们便会从四面八方前来三都村赶会,许多善男信女纷纷进庙上香,祈祷求愿,庙内整日香烟缭绕,钟磬不绝,小商小贩、各种商品把庙会点缀得热闹非凡。

"卖油炸糕的,给我来一块。"乔显录听到了一个熟悉的声音。

田计科来到了卖油炸糕的小摊前,还没等卖油炸糕的男子说话,田计科伸手就从木板上拿起来一块油炸糕,放到嘴里就吃。

"嗨,嗨!"卖油炸糕的男子瞧着田计科嚷嚷起来。

"噗,噗,噗,这啥玩意呀,这样难吃。"田计科一边大口大口地吃着,一边有意地刁难。

田计科吃完一块,伸手又去板子上拿油炸糕,被卖油炸糕的男子"砰"地一把抓住了手腕子,"慢着,这油炸糕不好吃,你就不要再拿了,留下来卖给喜欢吃的人吧。"

"嗨,咋了,老子吃你块油炸糕咋了,吃你的油炸糕是给你面子,对吧。这满大街的吃食多了,我田计科单就吃你的油炸糕,这是我给你面子。"田计科使劲挣脱了一下,手没有抽出来,脖子开始变粗发红。

"嘿嘿,给我面子,是金面子还是银面子?我这一卖油炸糕的可承受不起。"卖油炸糕的男子一只手叼着田计科的手不放松,脸上带着轻松的笑容,看着田计科使劲把手往回抽。

"你,你给我松手!"田计科的脸涨得通红。

卖油炸糕的男子眯着眼睛瞧了眼有些狼狈的田计科,把手轻轻一抖,田计科一个不提防,闪了一个趔趄。田计科火了,急了,甩一下右手"噌"地从腰里拔出枪来,"你,你他娘的活腻歪了,敢耍老子,我毙了你。"说着把枪口对准了卖油炸糕男子的脑袋。

卖油炸糕的撒腿就往小摊后的巷子里跑,田计科推开众人,在后面紧追不舍。眼看快要追上了,卖油炸糕的向右一拐,进了一个胡同,就在田计科跟着拐过来的瞬间,忽然间觉得脚下被什么绊了一下,立时摔了一个嘴啃屎,手里的枪也扔了,田计科心想不好,正要起身,一只脚已结结实实地踩在了后背上。

田计科抬头一看,脸"刷"得一下白了,他认出面前这几个人,心想他们肯定是来给刘马小报仇来了。这小子赶紧用上从小练就的变色龙的那套东西,哭得满脸是泪和鼻涕,磕头如捣蒜,说:"我是一时糊涂,上了日本人的当,求求你们饶我一条狗命,给我重新做人的机会,我以后一定好好改造,决不与人民为敌了。"

王殿义说:"饶你性命?你想想刘马小是谁害死的,你做了多少坏事,西峪人民不答应!"

乔显录说:"你甘愿给日本人当走狗,祸害乡里,已犯下了不可饶恕的罪行,死有余辜。"

田计科一看,这招不行,心想这里离炮楼很近,谅他们也不敢开枪,我喊吧。想到这里,田计科猛得起身,张开嘴准备喊人。

乔显录似乎早有准备,没等田计科喊出第一个字来,右拳闪电般地击在了正张着嘴的田计科的咽喉上,右脚狠狠地踢在他的下体。

随着"咔嚓"一声,田计科的惶恐之情立刻凝固在脸上,两只眼睛瞪得滚圆,鲜血从嘴里流出,整个身体软软地倒了下去。

乔显录蹲下身,扳住他的脑袋,用力一扭,利用旋转造成寰枢椎脱位从而导致延髓压迫,而延髓是生命中枢,控制着人的心跳、血压、呼吸等所有基本的生命活动,一压之下便是神仙也救不了田计科了!

田计科暴亡的消息像风一样迅速传开,不到一天,附近乡村都知道了,大家不干别的,奔走相告。街头巷尾,市场店铺,大家都在议论,关于田计科的死,版本很多,有的说是江湖侠客路见不平,一招毙命。有的说是刘马小死得冤,来索命了。更有神的,说三都村赶的庙是关公化身的黑山大王庙,田计科作恶多端,被关老爷给处决了。

三都炮楼中间一层,一个身穿军装,上身没系纽扣,露出白色的衬衣的日本军官模样的人在来回踱步。他矮矮的个头,宽宽的肩膀,刚刚剃光的葫芦头,露出一片鸭蛋青头皮。一双圆溜溜的小眼睛,闪射着狰狞的目光。充满横肉的脸上交叉着几条深深的皱纹。鹰钩鼻下面,留着一撮灰黄色的短胡。

此人便是日军驻三都据点小队长渡边一郎,田计科暴亡的消息同样也传到他的耳朵里,就跟打了个炸雷一样。他也讨厌这个下三烂的东西,但他确实帮了日本人很多忙,这个节骨眼上,这么突然不明不白地死了,让渡边一郎异常恼火。由谁来接替田计科这个位置呢?渡边一郎想到了一个人——三都村维持会会长王三和。

血 债

　　一缕缕淡淡的晨雾像绸带飘在湛蓝的天空，绸带两头分别系着远处的大山和近处的田野。

　　三都村的街上，三都村维持会长王三和在四个会员的护卫下悠闲地溜达着。王三和中等个子，大约三十多岁，圆脸，粗眉大眼，鹰钩鼻，两只肥大的耳朵，嘴里镶着两颗金门牙，说话时金光一闪一闪的，头发中间开缝，分向两边，抹着头油，鼻子与嘴唇中间留着一撮仁丹胡。戴一副黑色墨镜，穿着一身黑绸子衣裤，斜挎着一只盒子枪，嘴里叼着一根香烟，不时地吸一口，仰起脸来向空中吐着烟圈。

　　他们五个人来到常来福家门前，"咯咯哒，咯咯哒"，院子里传来了母鸡下蛋后的叫声，仿佛在向主人邀功："我下蛋了，快给我拿吃的来"。

　　王三和推门进来，看到院子里有三只母鸡，"捉了，送给皇军。"维持队员开始猫下腰捉鸡，三只老母鸡"咯咯咯"惊叫着，满院子乱窜乱飞。

　　主人常来福听到鸡叫，赶紧从屋里出来，"还有没有王法，怎么想抢谁就抢谁，想抢啥就抢啥？"

　　四个维持队员费了好大的劲，已经将三只母鸡抓住，拎在手里，鸡头朝下乱蹬乱叫，好像在向主人求援。

　　常来福准备上前去抢自己的鸡，王三和用手枪一拦说："王法？我说的话就是王法。你要鸡还是要命？小心老子一枪崩了你，给皇军献鸡是你的荣幸！"然后一挥手，"带走，他娘的！"一行人大摇大摆地出了门。

出了常来福家，这伙王八蛋又来到了赵丑孩家。赵丑孩家没有院墙，只有一眼破窑洞，全家五口人挤在一起。

王三和一伙来到屋里，歪着头扫视了一圈，最后把目光落到炕上赵丑孩的三个姑娘上，王三和仔细地端详着，突然用枪指着赵大妮说："你家闺女越来越好看了，让她去炮楼慰劳慰劳皇军吧，皇军喜欢花姑娘。"

赵丑孩两口子听了一愣，赶紧将三个孩子藏在身后。赵丑孩老婆说："你也有妻女，应该知道做人的道理，怎么能这样对待乡亲们呢？"

王三和咬着牙，"我这是抬举你，不识抬举的东西，信不信我一枪崩了你，懂事理的话，赶快走开。"

赵丑孩老婆张开双臂护住孩子，用胸膛顶住枪口，怒目圆睁，咬着牙根说："只要我有一口气，你就休想动我的孩子。"

赵丑孩也急了，从地上随手捡起一根木棒，"王三和，你不得好死，今天老子和你拼了！"说着举起木棒向王三和打来。王三和手中的枪响了，赵丑孩举着木棒，应声倒地，鲜血从胸前汩汩涌出。

赵丑孩老婆见状，尖叫一声，发疯似的扑向王三和。王三和又开了第二枪，赵丑孩老婆挣扎了几下，便倒在了地上，三个孩子一起扑向母亲，"妈妈，妈妈"地哭喊着，哭声令人揪心。

枪声和哭声惊动了四邻，大伙纷纷聚拢过来。王三和一看人越来越多，出来用枪指着人群说："有什么好看的，让

开让开",夹着尾巴灰溜溜地跑了。

三都炮楼前,王三和左手提着一篮子鸡蛋,右手里拎着两瓶酒,身后跟着两辆独轮车,车上是面袋和一些杂物。王三和正在和站岗的伪军打招呼,"我是来慰劳皇军的,让我们进去。"

伪军说:"王会长辛苦了,太君有请。"话罢,大门打开,渡边一郎冲王三和竖了竖大拇指,"呦西,王会长中日亲善的好榜样,我的就喜欢你这样的中国良民。"

王三和摘下礼帽,向渡边一郎一点头说:"谢谢太君夸奖与提携,应当效劳,应当效劳。"

在延家底村的姘头家里,王三和正坐在炕沿边上,整理着零乱的衣服,两只脚踏在鞋子上面,准备离开。

姘头不到三十岁,坐在炕上,两手正扣着衣服上的纽扣,脸上画眉染唇,涂脂抹粉,头发很讲究地盘在头上,娇滴滴地说:"你忙得把我都忘了,多少日才能见你一面,这过的是什么日子呀?别是怕你那家里的狐狸精吧?"

王三和回头在姘头的脸上亲了一口,"小心肝,你说的哪里话,我怎么敢忘了你,这不是忙着孝敬日本人,天天的要粮、要钱、要花姑娘,实在是抽不出空来,今天好不容易有点空,这不就来了嘛!"

姘头嗲声嗲气地撒起娇来,"今天说什么也得在这里吃口饭再走,行吗?"王三和点点头,"小心肝,那我就再陪陪你。"

姘头将酒菜端了上来,两人对面坐下,姘头拿起酒壶给王三和倒了一杯酒,端起来敬给王三和,"奴家这厢有礼了。"

王三和笑了笑，接过酒杯，一仰脖子"咕咚"一声喝了下去。姘头又用筷子夹起一块肉喂到王三和的嘴里，王三和一边有滋有味地嚼着，一边色迷迷地盯着姘头看，别提多美了。

在西峪村的村公所，昔东县一区区长孙家吉正对刘凤鸣说："王三和罪大恶极，区里决定除掉他，这个任务由你来完成，要紧紧依靠党员和群众，周密计划，务必将其拿下。"

刘凤鸣说："王三和死心塌地地给日本人卖命，日本人很是赏识，派人经常跟在王三和左右，很不好下手，我们要从长计议，不过我一定会完成好这项任务的。"

孙家吉又说："你们的任务是逮捕王三和，如何处置，我们还得请示县委，一定要慎重呀。"刘凤鸣点点头。

刘凤鸣领了任务，通过三都村的亲戚，和一个给三都维持会做饭的绰号叫"和尚"的人取得了联系。

"和尚"为人老实可靠，不善于逢迎巴结、溜须拍马，为此没少挨王三和的大嘴巴，所以恨王三和恨得牙根痒痒，经常私下诅咒这个王八蛋。

在三都维持会驻所，维持会员老二说："和尚，给弄几个菜，我们哥儿几个喝口酒。"不一会儿，"和尚"把酒菜端了上来，六个人开始喝酒。

三杯过后，队员老二说："王会长有事不来了，伙计们，今晚咱们没事，放心地喝吧。"

队员老五说："你说咱们会长去哪儿了？"

队员老二神秘地说："还不是老地方呀。"

队员老五恍然大悟，"噢！对对对，他今晚不来，他痛快，咱们也痛快。"

六个人开始放心地划起拳来,"六六六、四喜财、五魁首、八匹马、全来到"的声音越来越弱,直喝得有的趴在了桌子上,有的躺在了地上。

探听到消息后,"和尚"赶快跑出去找到刘凤鸣,"可靠消息,王三和今天晚上在延家底姘头家里过夜,快去活捉那狗日的。你们要小心,那个王八蛋姘头家养着一条狗。"

智　擒

　　一轮昏黄的月亮斜挂在暗淡的夜空里，远处苍穹里的一两颗星星放出淡淡的光亮。

　　刘风鸣带着民兵王金贵、白栓义、刘永贤、王本昌、白希成，借着月光悄悄地摸到延家底村外。村内偶尔传来狗叫声，叫声洪亮悠长。

　　为了避免打草惊蛇，他们小心翼翼地来到了王三和娴头住的小院。小院在村的南边，单门独院，有围墙有大门，院里还有一条笨狗卧在那里。

　　刘风鸣用手指一指王本昌和白希成，悄声说："你两个负责守住大门，不许给王三和任何逃跑的机会，我们一定要活捉他。"又转身对其余人说："我们四个负责进屋活捉王三和"，说着从怀里掏出一包东西交给刘永贤，"这是一个夹肉的毒馒头，用它先把狗毒死。"

　　刘永贤心领神会，待王金贵蹲下后，刘永贤踩在他的肩膀上，慢慢地爬到围墙上，将肉馒头投向院里。那只笨狗闻到肉香，一下子蹿了起来，扑向肉馒头，仅几分钟工夫，笨狗就瘫倒了。刘永贤用力一跃，翻过了围墙，下到院中，轻轻地打开了大门，院外的人快速地进入院中。

　　他们猫着腰靠近了窗台，侧耳细听，屋里传来王三和打呼噜的声音。刘风鸣接近房门，用刺刀去拨拉门插棍。房门是两扇，中间用一个一尺多长的插棍在里面插上，门有缝

隙,很容易用刀片把插棍拨拉开。

门插棍拨开后,刘风鸣飞起一脚将房门踢开。踢门的响声惊醒了王三和,他本能地起身去摸挂在墙上的枪套,刘风鸣眼疾手快,提起地上的尿盆朝着王三和摔过去,就在王三和躲尿盆的一刹那,王金贵一个箭步冲上去,伸出双手将王三和举起,重重地摔在了地上。

王三和还没弄明白是怎么一回事,就被扑上来的刘风鸣和刘永贤来了个五花大绑,本来就醉眼蒙眬,又被王金贵摔了个两眼冒花,别提多狼狈了。王三和的姘头早已吓得魂不附体,缩在炕角,尿了一炕。

刘风鸣一行人连夜押着王三和离开了延家底村。

在区政府孙家吉的办公室里,孙家吉给刘风鸣倒了一杯热水,"风鸣同志,你们的动作好快呀,这才几天,就把王三和抓住了,真是大快人心,快说说你们是如何捉拿王三和的?"刘风鸣仔仔细细地向孙家吉讲述了抓捕王三和的过程。

孙家吉听完后,高兴地说:"好呀,你们为人民除了一害,保了一方平安,县政府、区政府会嘉奖你们的。县委指示,王三和罪大恶极,要在皋落召开公审大会,予以处决。"

"召开公审大会,不仅能激发人们的抗日热情,同时也能有力地打击汉奸狗腿子们的嚣张气焰,对抗日有利,我完全拥护县委的决定。我回西峪发动大家都去参加公审大会,让大伙受受教育。"

"好的,要尽可能多地发动群众参加。"

这天天气晴朗,在皋落镇的广场上聚集了许多人,广场中央搭起一个简易的台子,县委书记周壁、区长孙家吉在台上就座。台子上方有一条横幅,写着:审判汉奸王三和大会。

上午9点多钟,周壁站起来说:"我宣布,审判汉奸王三和大会现在开始!把汉奸王三和带上来!"两名武工队战士将王三和押到台上,王三和头戴纸糊高帽,上写"汉奸王三和"五个字,背后插着亡命牌,也写着三个大字"王三和",此时的王三和双手被倒捆着,弯着腰,低着头,双腿哆嗦着,已没有了昔日的威风。

群众一见王三和被押上来,个个心里像着了火,黑压压的人群乱喊、乱拥,几名群众趁维持秩序的武工队员不注意,噌噌地爬上审判台,把王三和从台上推了下去,眨眼间王三和被卷在了人海里,东推西挤,把捆在身上的绳子也拉断了,这个汉奸被踩在了脚底下,棍子、炭块、瓦片……雨点般打在他的身上。妇女们想打,挤不过去,只急得站在高处乱叫喊,有的嗓子都喊哑了。

周壁、孙家吉急忙站出来,向台下大声喊道:"大家冷静一下,不要乱扔东西,不要乱打人!"

一阵工夫,把王三和打得趴在地上直哼哼。维持秩序的武工队员冲进人群,把王三和拉了起来。只见王三和的衣服被扯成了条条絮絮,脸上、身上糊满了泥土。

周壁接着大声说:"下面请一区区长孙家吉同志宣读王三和的罪状。"广场上一下子静了下来,孙家吉正颜厉色,历数了王三和欠下的一笔笔血泪债。紧接着,广场上又是一片"打倒王三和""枪毙王三和""人民政府万岁""打倒日本帝国主义"的口号声。

口号声静下来后,周壁大声宣布:"现在我宣读抗日人民政府的决定,宣判王三和死刑,立即执行!把王三和押下

去！"周壁拿起王三和的亡命牌，用红笔在上面进了押，扔到台上，一名武工队员捡起来，插到王三和的背后。

在震天的口号声中，武工队员排成一队，端着枪，推着王三和，向村外一处乱坟岗走去。人们都涌出来了，跑着跟在队伍后边。

王三和吓得软瘫了，两个武工队员在两边架着，他的头东倒西歪，不住口地"爷爷奶奶"求告。武工队员用枪托在他背上打，催赶着快走，一直走到乱坟岗前。看热闹的人都站在高处，远远看着武工队员把王三和按着跪在地上，只听"叭"的一声枪响，王三和这个罪大恶极的汉奸像死狗一样栽倒在地上了。

争　辩

重新回到革命阵营的这段时间，对王运通来说，也是一种煎熬，面上表现得非常积极，一副洗心革面、痛改前非的样子，而从内心里来讲，他太怀念投敌叛变的那段日子了。"每天好酒好菜吃着，那些风骚女人抢着投怀送抱，那才是自己追求的生活呀。不行，我还得找机会过那边去，并且我要备一份厚礼，好让自己在日本人跟前抬得起头来。"他暗自盘算。

机会终于来了，这一天，王运通得知中心县委干部王益录和昔东六名抗日干部在赵壁村秘密开会。他便找了个借口，跑到凤居据点佐佐木小队长那里，报告了这一情况，并自告奋勇，带领凤居哨房的宪兵队、警备队抓捕了那七名抗日干部，给昔东抗日工作带来了巨大的损失。因此，昔东县委决定二次抓捕王运通，经过周密调查、精心策划，终于在斜峪沟把王运通抓获。

王运通第二次投敌叛变的这段时间，王运德正好参加了太行根据地组织的干部培训。

培训结束刚回到区里，听说哥哥二次投敌又被抓获的消息后，真是又气又喜，气的是哥哥竟然拿七名抗日干部的人头邀功请赏，喜的是被及时抓了回来。他带着满肚气愤最后见了哥哥王运通一面。

"哥哥，你这个出卖组织的叛徒，你害死了王益录同志

和昔东六名抗日干部,他们可是和你我在一起出生入死的战友啊,你怎么下得去手?"

"我害死的人多了,不用你提醒。不过我要纠正一下,不是出卖,是明智的选择,你懂吗?"

"一个出卖组织、出卖同志、出卖灵魂的人,还有资格说明智?"

"你给我闭嘴!"

"为什么?这到底是为什么?组织培养你入党,组织又提拔你,组织上哪点对不起你?这几天,我整夜整夜睡不着觉。我们在一起宣誓入党,在一起哼唱国际歌,唱到动情处,你还流下了眼泪。可党的事业需要我们吃苦奉献、流血牺牲时,你却做了一名可耻的变节者。你要告诉我,你到底是为了什么?"

"你烦不烦啊,为什么,为什么,能为什么?当初宋琦云介绍我参加革命,说什么打走了小日本,解放了全中国,咱们就都是有功之臣了,可后来呢?他被小日本活埋在县城西河滩。组织培养我入党,说什么为了咱们下一代,都能自由幸福地生活。可是我他娘窝在这山沟里几年了,连个像样的女人都见不着,还谈什么下一代呀!那天,你是没有看见县城西河埋人那个惨呀,100个人,自己挖坑,跳下去,被活生生地埋了。弟弟,我真的害怕呀,我老做噩梦,梦见跳到坑里被埋的人就是我呀!这种提心吊胆的日子我受够了。真的,我连一天都受不了了,我连一个小时都无法忍受。"

"哥哥,你真可悲!咱们西峪村的王殿小,是我介绍入的党,前几天牺牲在了战场上,他的牺牲比泰山还重,可是你呢,历史会对你怎么看,人民会对你怎么看?"

争辩

"弟弟,随你怎么说,我不在乎你们怎么看我,我就是想要过这样的生活。你要还认我这个当哥的,你就再为我说说情,看在我曾经为抗日做过的贡献上,饶过我这一次,也是最后一次。"

"哥哥,你的脸皮比昔阳城的城墙都厚,组织已经对你够宽大了,可你呢?出尔反尔,变本加厉,把咱们王家的脸都丢尽了,还好意思让我再为你说情,没门!"

"弟弟,既然你这么说,我也不说什么了,看我的脚趾头,都捅破鞋露在外面了。我是个爱干净的人,给我买双新鞋吧,上路前,我要穿戴整齐。"

第二天,王运通穿着弟弟王运德给他买的新鞋,在皋落村镇压汉奸大会后,一颗正义的子弹穿过他的脑门,结束了跌宕起伏的一生。

皋落村外面的小山坡上,王运德目视前方,若有所思。是啊,他和哥哥王运通一起参加革命,一起光荣入党,一起在区公所工作,是信仰的力量让他们兄弟俩走上了革命的道路。然而,前途是光明的,道路是曲折的。哥哥在严峻的对敌斗争形势面前,背弃了信仰,背叛了组织,出卖了同志,真是一部活生生的教科书啊!

不知什么时候,县委书记周壁站到了身后,"运德同志,人类历史的演进犹如滚滚东去的杨赵河,它冲击着一切污泥浊水,也考验着每一位时代的弄潮儿。大浪过后冲走了泥沙,留下了金子。我们每个人,都逃不出这一历史的规律。只有认清历史的前进方向,跟上时代前进的步伐,才不会被淘汰。"

"周书记,你说得很对。大浪淘沙,淘尽天下英雄。杨

赵河，不仅淘出了杨云翼、赵秉文这些风流名士，那些为革命牺牲的同志们，也是大英雄，也是要载入史册的。"

"运德同志，现在形势复杂、环境艰苦、斗争惨烈。要打起精神来，前面还有大量的工作等着你去做。"

"天作孽，犹可恕。自作孽，不可活。组织上千方百计地挽救我哥哥，可他却置若罔闻，甚至两面三刀，不惜拿同志们的人头作为邀功请赏的筹码，是可忍，孰不可忍！落得今天这样一个下场，他是咎由自取，活该！周书记，我会经得起考验的。"

远处，杨赵河，蜿蜒向前，气势雄浑。河岸两边的玉米地，正吐着穗子。三三两两的农民，在田野里辛勤地忙碌着。村边的小树林里，时不时传来儿童的嬉笑打闹声。然而，看似平静恬淡的田园牧歌生活，却悄悄孕育着一场更为残酷的斗争。

送　饭

　　1940年8月，全国抗战期间八路军在华北发动的规模最大、持续时间最长的战略性进攻战役——百团大战打响了。

　　这一天晚上，夜，黑得像锅底。"刷"的一下，一条银白耀眼的电光闪过，跟着传过山崩般的一声霹雳。紧接着，大雨倾盆而下，西峪村瞬间笼罩在茫茫雨雾之中。

　　"啪啪啪"一阵急促的敲门声把刘金荣惊醒了，邻居家的狗随后"汪汪汪"地叫了起来，她本能地意识到村里发生了什么紧急情况。

　　"真讨厌，半夜三更，觉都不让人好好睡。"丈夫王兴春迷迷糊糊地嘟囔了一句，又翻转身沉沉入睡了。

　　刘金荣以最快的速度穿好衣服，掩好房门，迎着风雨，快步来到院门前。

　　"谁？"

　　"金荣，是我，白希永。"刘金荣急忙打开院门，把白希永让进院子里。白希永身披一件遮雨的破斗篷，浑身上下湿了个透。

　　"刚才，我放哨发现八路军一支队伍躲避风雨，在咱村河沟旁的一间破窑洞里避雨。我让他们进村里来，他们不肯，怕惊扰老百姓。他们刚执行完一次战斗任务，要到和顺去休整，我看他们又累又饿，实在不忍心，这不才来找你想办法，搞点吃的。"

"没问题,他们共多少人?"

"一个排,小50个人吧。"

在这个风雨之夜,刘金荣把村里几个妇救会骨干一家一家地叫了起来,按照50个成年人的饭量,做了分工。

漆黑的小山村里,顿时星星点点地亮起了灯光,随后几处人家升起了袅袅炊烟,远处几声悠长的狗叫声,打破了小山村的寂静。

刘金荣和邻居张巧娥负责做玉米面混锅疙瘩,刘金荣从小受苦出身,做饭也是一把好手,拿火柱捅开煤泥、开水、和面、擀面、切成菱形小块、下锅、炒辣椒西红柿酱,一气呵成,真是一个做饭的把式。考虑到战士们雨夜寒冷,炒辣椒西红柿酱的时候,她特意多放了些辣椒,以至于把她呛得直流眼泪。

约莫半小时的光景,姐妹们陆续集中到了刘金荣家,接受刘金荣的检阅,两个满满的布袋里是刚出笼的玉米面窝窝头,整个布袋都冒着热气,四个砂锅里是热腾腾的小米粥,还有一大盆炒豆角,再加上四个砂锅的玉米面混锅疙瘩,真是一顿丰盛的晚餐。

大家有的披上斗篷,有的披上用油布作成的简单雨衣,担上饭菜和碗筷,向着村口河沟方向而去,大家格外小心,生怕把做好的饭菜撒了,被雨水淋了。

快到河沟了,刘金荣透过淅淅沥沥的雨帘,终于发现河沟边的几孔废弃窑洞前,黑压压地挤着一群人。由于窑洞内空间有限,大家只好轮留到窑洞内避雨,有几个战士干脆躲到窑洞旁的大树下,结果最终都被雨水浇得湿淋淋的,这还不算最要命的,原来带的干粮早就吃完了,由于执行破袭敌人交通线的任务,经过一个下午的急行军,大伙早已是饥肠辘辘,饿得后脊梁快要贴着前肚皮了。不巧又碰上一个大雨天,真是屋漏偏逢连阴雨,饥寒难耐呀!尽管如此,我们的战士没有一句牢骚,默默地承受着,犹如一幅群雕,闪电划过,照亮了战士们那一张张坚毅而消瘦的面庞。

尽管大家清楚地知道八路军是一支怎样的队伍,但此情此景,纳闷、诧异、着急、感动、钦佩之情统统涌上妇救会姐妹的心头,正在梦乡中的人们,有谁知道我们的八路军战士在雨夜中忍饥挨饿?她们不禁动容着,哽咽着,一句话也说不出来了,刘金荣也潸然泪下……想到几年来村民们遭受的日寇汉奸烧杀抢掠之苦,她们简直不敢相信自己的眼睛,这就是我们的八路军!这就是我们的子弟兵!

"哎呀,你们这些好兄弟,怎么不进村里去呢?这风雨连天的,村外多冷啊,快进村,到屋里去暖和暖和。"几个人说着便上前去拉。

"老乡,谢谢你们的好意,没有命令,我们不能随便入村扰民。"战士们回答得很有礼貌,但态度又非常坚决。妇救会的姐妹们心里暗暗称赞道:"真不愧是咱穷人自己的军队,守纪律,又和气。"

"快别愣着了,快招呼大家吃饭,千万不能让兄弟们在村外挨冻呀!你们可是替我们打鬼子的救星啊!"刘金荣一看硬拉不行了,便张罗着大家赶紧吃饭。

刘金荣把一块大油布搭在两棵大树杈上,一个简易的帐篷作成了,战士们活动的空间更大了,一锅一锅香喷喷的饭菜从筐篮里端出来,勾引着战士们肚子里的馋虫。

一碗饭,一颗心,碗碗热饭鱼水亲呐!直感动得带队的

王排长说不出话来。多好的人民啊!他不禁想到毛主席那句诗:"军民团结如一人,试看天下谁能敌?"

在这样一个风雨交加的夜晚,八路军和人民群众的心更紧密地连在了一起。

就在战士们吃饭的时候,刘金荣发现一些人脚上的布鞋破烂得不成样子了,许多鞋子都开了大口子了,脚趾头在外露着。刘金荣心疼得要命,想到家里还有自己超额完成的二十双布鞋,又向几个姐妹做了一个简单统计,短时间内能凑够五十多双,平均每个战士一双鞋。她做了一下简单分工,几个姐妹招呼战士们吃饭,其余的人回村里取鞋。

战士们一个个吃了个饱,在辣椒的作用下,头上直冒汗,脚上又穿上温暖舒适的布鞋,寒冷和疲倦早不知跑到哪里了,只觉得浑身是劲。看到战士们一个个精神头十足的样子,刘金荣和她的姐妹们也绽开了笑脸。

王排长向刘金荣她们行了一个标准的军礼,"我们今天记下西峪村父老乡亲们的一片深情厚谊,永远忘不了你们的支持与厚爱,一定多杀鬼子,让大伙过上好日子!"

"报告排长,部队集合完毕,请指示!"

"出发!"

就在刘金荣她们收拾碗筷的工夫,王排长早就派勤务兵抢先一步塞给了她五块现大洋,表示对乡亲们的感谢,便头也不回地一路追赶队伍去了……

此刻,刘金荣的脸上显出一丝疲倦,眼白上有些红丝,眼皮有些浮肿。她目送着战士们消失在淅淅沥沥的雨帘中。

风裹雨,雨随风,透过旋转不停的风雨,远处漆黑一片。雨,显然是比刚才小了许多;风,却刮个不停。

伏 击

　　太阳快要落山了，秋风刮得庄稼叶子哗哗山响，蛐蛐在青草坑里"嘟噜嘟噜"叫个不停。

　　王计所扛着锄头刚下了坡，刘凤鸣便火急火燎地跑了过来，"计所，真是急死人了，让我一通好找。"

　　"什么事，把你这村长大人急成这样？"王计所半开玩笑地问道。

　　"没工夫和你闲扯，八路军三八五旅七六九团得到一份情报，今天晚上辽县的日伪军要安排七辆汽车从辽县开往昔阳县城运送军火，上级决定要在辽昔公路必经的毕家岭地段埋伏，全歼押送军火之敌。上级命令咱们村出10个民兵带上武器、铁锹、镢头，务必在今晚九点赶到设伏点进行配合。"

　　王计所一听，收住了脸上的笑容，抬头看了看天色，"时间挺紧的，咱俩赶紧分头通知人吧。"

　　西峪村民兵接到通知后，10个民兵以最短的时间集中在北垴坡下，带着武器以及铁锹、镢头等工具，悄悄出发了。

　　西山边上浮起一层黑云，太阳落进去，射出满天龙须道。不一会儿，太阳又从西山顶上露出一盘大红脸。黑云变成火烧云，可就把山头、河沟、西峪村……映了个通红。

　　牛群下了山，羊群沿着河边走。王计所领着西峪村的民

兵，爬起大堖山，沿刘家坟圪梁，经韩家沟、吕二岩，往毕家岭方向赶去。

王计所一双长腿，走在最前头，队员们跟在后边，披水汗流，紧打紧地追，真跟急行军不隔上下。

走到韩家沟的时候，天色已然暗了下来。天上的月亮虽然暗淡，但还可以看清道路，西峪去毕家岭全是山路，加之中午刚下过阵雨，就更加难走了。军人执行战斗任务，对时间的遵守不能有丝毫的含糊，含糊了丝毫，将会给整个任务带来难以估量的损失。因此，大家心里只有一个念头，那就是必须准时赶到毕家岭，顺利完成任务，不能给西峪村丢脸。正是抱着这样一个信念，大家顾不得被圪针划伤，顾不得蚊虫叮咬，顾不得坡陡路滑，深一脚浅一脚，在崎岖的山路上急速行进着。

西峪民兵在晚上九点准时赶到了毕家岭，伏击点是一处五十度的斜坡公路，两侧是七十度的山坡，大有一夫当关、万夫莫开之势，真是一个绝佳的伏击点。

八路军李团长早就在那里等候了，部队首长给民兵布置的任务是：在公路上挖一道二米宽、二米深的壕沟，完成后隐蔽在公路两侧排水沟后的灌木丛中，战斗打响后见机行事，待战斗结束后再搬运车上的军火。当时公路上没有车辆，只听到民兵们用镢头刨路的"叮当"声和铁锹铲土发出的声音。

为了提高工作效率，10个民兵轮番上阵，没多久就把壕沟挖好了。李团长检查后非常满意，安排他们到指定的地方隐蔽起来。

原来情报报告是晚上十二点以前，敌人的车队就会通过，可是到了十二点，仍无动静，伏击的军民心急如火，李团长告诉大家不要乱动，要耐心等待。

  10个民兵屏住呼吸，一个个把眼睛瞪得圆圆的、睁得大大的，静待鬼子一步步走近布好的包围圈。时间一分一秒地过去了，草丛中闷热难耐，王计所头上密密麻麻的汗珠滴滴答答落下来，把泥土打湿了一大片。有成群的蚊子叮入他的皮肉，贪婪地把干瘪的肚子吸得满满的、胀胀的。

  王计所埋伏在最前面，两眼目不转睛地注视着前方，一会儿工夫，后背、肩膀、胳膊、脸上被咬起了一个个的大包。

  "王队长，我给你赶赶蚊子，你都快给蚊子吃了。再这样咬下去，你的血都给吸没了。"一个民兵赶着蚊子说。

  "别动！让它们吸吧，蚊子吸我的血，待会儿我就吸鬼子的血。"

  大约到了第二天凌晨三点多钟，隐约听到远处传来汽车的马达声，车灯在蜿蜒的公路上射出的光芒在群山间忽隐忽现。从车灯的位置可以判断，敌人的汽车保持着一定的距离，这是李团长早已预料到的，所以把部队的埋伏线拉得也很长，就是防备后面的敌人会掉头逃跑。

  一束昏黄的车灯照过来，鬼子的车队终于近距离地进入了人们的视线。一辆，两辆，三辆……尽管鬼子的车距相隔较远，但七辆汽车全都进入了埋伏圈。

  鬼子的第一辆汽车在壕沟面前慢慢地停了下来，一阵叽里呱啦的日本话，然后车上20多个鬼子都下了车，准备去添壕沟。20多个鬼子都暴露在射击范围内，不过他们很警惕，除了去填壕沟的，还有七八个人，保持警戒状态，四处张望。

我们的人从上面向下看,看得很清楚,第一辆车上没有军火,全是押运的鬼子兵。事先的约定是,李团长的枪响是信号,然后大家一起开枪,每个人负责解决自己射界内离自己最近的鬼子,这样就避免重复射击。

"叭!"一声清脆的枪响,打破了夜空的寂静。李团长首先干掉了一个警惕的鬼子,瞬间爆豆般的枪声一起响了起来,"啪啪啪""哒哒,哒哒"毫无遮拦暴露在枪口下的鬼子一个个躺倒在地上,大路上顷刻倒下去十几具尸体,头上、胸口上"咕嘟嘟"往外冒着血。不过肯定有鬼子没中枪。还没等大家反应过来,已经有5个鬼子爬起来向汽车飞奔过去,李团长手快,补了一枪,又干掉了一个,不过还是有4个鬼子躲在了汽车下面。

鬼子很清楚,毕家岭这一段公路很窄,紧靠山崖,几乎没有多少水平射界,伏击肯定来自上面,所以他们觉得汽车底下是最安全的。这出乎李团长的意料,他看见从车底下伸出4个枪口,对着4个方向。他知道,在小团队协作方面,鬼子的战法是最有效的。

现在唯一能对鬼子构成威胁的,就是埋伏在排水沟后面灌木丛中的西峪村的民兵,只有他们这个位置的射界是水平。

王计所知道,僵持对袭击方是最不利的,而这样下去,不仅不能干掉鬼子,估计把自己带的民兵都得搭进去,于是他决定,用手榴弹。必须尽快解决。想到这里,他向前匍匐了几米,直到和汽车平行,然后他拿出了手榴弹,拉线,倒数三,扔了出去,手榴弹在滚进汽车下的一瞬间爆炸,鬼子可能还来不及反应。

巨大的爆炸把汽车都掀起了一尺多高，然后又重重地摔在了地上。底盘下面迅速着起了火。由于第一辆车和后面拉着军火的六辆汽车保持着一定的距离，所以爆炸并没有影响到后面车辆上的军火。

山坡下，从村子里传来了公鸡的叫声，天就要亮了。大家忘记了一晚上的疲劳，抓紧时间打扫战场，把汽车上的枪支弹药全部搬到毕家岭早已准备好的两孔窑洞里，三辆汽车被打的破烂不堪，零件被附近村民拆卸走了。

这次战斗取得了辉煌战果，缴获了不少枪支弹药，击毙鬼子11人，俘虏4人，重伤5人，还逃走几个，我方无一伤亡，李团长拉着王计所的手说：" 你们干得很好，不仅来得准时，而且挖壕沟、搬军火、打扫战场，做了大量的工作，特别是关键时刻能够灵活机动，果断出击，为这次伏击战争取了主动，我要给你们请功。"

王计所握着李团长的手激动地说："什么功不功的，我们只是配合做了一些事情，今后有什么需要我们完成的任务尽管命令，我们一定保证完成好。"

天边出现了一抹红晕，一阵晨风轻轻吹来，王计所才感到浑身湿透的身体凉爽了许多。

迎着晨曦，王计所带领民兵踏上了归途。

情 报

傍晚，太阳已经落山了，西边天际还凝聚着一团绚烂的晚霞，西峪村被淡淡的暮色笼罩着。晚霞转眼间消失了，代替它的是一抹柔丝一样的浮云。一阵清凉的东南风吹来，浮云在湛蓝色的天幕中丝丝绵绵地飘游着。

就在王计所带领西峪村的民兵火急火燎地往毕家岭赶路的时候，区公所的王干事风风火火、大步流星地进了村公所。王干事送来一封情报，外面批着四个大字"急如星火"，刘风鸣打开一看，原来是说凤居和三都的敌人，最近都增加了，现在正在每天出村抓民夫，准备秋季大"扫荡"。王干事临走特别叮嘱，今晚无论如何要把情报送到黑洼、东寨和石子峪三个村子。

刘风鸣送走王干事，立时浑身一紧，村里民兵去执行任务了；自己去送吧，又怕敌人突然袭击，其他人又应付不过来；打发其他人吧，又不放心，怕耽误了事。想来想去，他想到了一个合适的人选——刘金荣。于是快步向刘金荣家奔去。

刘金荣正在做晚饭，一手握住面盆，另一只手和着面，黄澄澄的玉米面沾了一手。

"金荣，十万火急，刚才区公所送来三封信，一封是送往东寨村，一封是送往黑洼村，一封是送往石子峪村，今天晚上必须送到。计所他们去了毕家岭，我这里又走不开，只好由你来组织人完成这个任务。"

"没问题，保证完成任务。"刘金荣痛快地答应着，顺手接过了信件。

"兴春，我有事要出去，你叫大姐做饭吧，招呼好孩子。"刘金荣向里屋喊话，顺手拿了一个窝窝头，便急匆匆地出了院门。

不到一刻钟，刘金荣便召集起了九名妇女，三人一组，每组负责一个村子，三个村子数黑洼村难走，要翻大垴山，全是山路。

"翠莲嫂子、巧娥妹子，我们三个人去黑洼村。大家分头行动，要尽快把情报送到，不能有任何闪失。"刘金荣叮嘱完后，她们这一组便向北往大垴山方向前行，其余六个人"嗖嗖"地出了村口，沿着河沟向东而去。

这时，天已经黑了下来。淡淡的月光下，几个矫捷的身影在乡间小路上飞快地奔跑着，路边的野草、柳树杨树、飘逸着幽幽香味的庄稼在疏疏落落的星光下次第隐退到后面去，淹没在浓浓的夜色中。

在蛐蛐的歌唱声中，刘金荣和她的姐妹借着月光，时而在灌木和乱石间攀岩而上，时而顺着梯田坡地拾阶而下。

夏秋之交的天气，就像小孩的脸，说变就变。在她们起程的时候，一路还是万里无云，等她们刚走到大垴山脚底，西北山后就冒起一骨朵黑云，紧接着"刷啦啦"一阵疾风吹过来，随即铜钱般大小的雨点"噼噼啪啪"挟裹在闷热的空气里撞击敲打。刘金荣和同伴的鞋子被急扫过来的雨滴打湿了，接着是裤子和上衣被从天而降的雨水灌得水淋淋的，瓢泼大雨已将毫无遮拦的三个人淋成了落汤鸡。这是一个风雨

飘摇的夜晚，地里的庄稼、路边的树木、崖头的嫩草都在经历暴风骤雨的摔打，当然也包括刘金荣她们。

在经过一座地堰的时候，一孔废弃的窑洞出现在眼前。

"金荣，我们进去歇口气，避避雨吧。"

"不行，情报就是命令，情报就是生命，一分钟也耽误不得。我们要一鼓作气，把情报送到黑洼村。到时候，大家再好好歇一歇。"

俗话说，披山大雨，就地起水，连续近一个小时的暴雨下了个水发河涨。好不容易翻下了大垴山，一条激流又横在刘金荣她们面前，翻滚的激流冲击着河内的木头和石块，激起浪花朵朵，发出"哗啦哗啦"的水流声。在雷电的光闪下，可以看见暴雨猛打水面，荡起朵朵水纹和溅起无数个水珠。

借着雷电的闪光，刘金荣检查了一下用油布包着的情报，第一个踏入水流湍急的河里，另外俩人紧随其后，三个人手拉手，尽可能地减缓水流的冲击。

就在这时，天空突然的变暗，预示着更大的雷电和暴雨就要来临。

果不其然，一会儿，天空中耀眼的闪电从黑暗的云层里射了出来，雪白的电光使三个人睁不开眼睛。闪电持续了几秒，大雨像一片巨大的瀑布，遮天盖地地卷了过来。雷在低低的云层中轰响着，震得人耳朵嗡嗡作响。闪电，不时用它那耀眼的蓝光，划破了黑沉沉的夜空。

雨还在哗哗地下着，异样地猖狂放肆，每块云都在畅快地倾泻着。

三个人在风雨交加中艰难前行，刘金荣抹了一把满脸雨水,隐隐约约看到了一株冠盖如伞的大树,矗立在黑洼村头黑漆漆的夜色里。就在快到村口的地方,忽然从路边一个草垛里钻出一只恶狗,朝着她们狂吠不止。只见这条恶狗高大、粗壮,呲着牙,舌头露在外面,血红的眼睛里透着凶狠和贪婪。

三个人已经精疲力竭,想跑实在是跑不动了,只好怒视着这条恶狗,准备赤手空拳跟它做拼死一搏。就在僵持的一瞬间,恶狗一个猛扑,咬住了刘金荣的裤腿一角,刘金荣奋力挣脱,"刺啦"一声,裤子被撕下了一条。就在这时,一位老大爷赶了过来,手中木棒一抡,狠狠地打在恶狗的脑门上。恶狗惨叫一声,夹起尾巴逃之夭夭。

刘金荣这才定睛一看,这位大爷正是黑洼村的头前人。及时转交了情报,她们在村前一间小屋里稍微歇息了一会儿。此时已是凌晨两点了,外面的雨渐渐地停了。

返回的路更难走,何况又是在暗夜里。在雨水的浸润下,山路更加湿滑泥泞,而且不时有石头从山坡上跌落下来。

山野静寂得很。夜风吹着野草,发出轻微的响声。间或空中飞过一颗流星,在深蓝色的天上,划下一道白光,很快又消逝了。翠莲抬头看了看天空,对着刘金荣说:"参星刚偏了,天气还早啦。"刘金荣在黑暗里点了点头,心里想着天明后的事情。

拂晓的风,吹得人身上有点发抖,全身上下湿了个透,冰凉沁骨。她们拖着疲惫的身子,终于把大垴山甩在了身后,看到了西峪村,这时漫山遍野开着淡紫色的荆子花,沾着雨水,迎着晨风,摇曳着傲人的身姿。刘金荣顾不得疲劳,禁不住俯下身嗅了嗅荆子花那淡淡的清香。

"妹子,这荆子花太不起眼了,看把你喜欢的。"翠莲好奇地问道。

刘金荣笑了笑,"嫂子,这花虽然没有山丹丹那样艳丽,但它开得热烈,谢得倔强,风刮不折,雨打不断,我就喜欢这样的性情。"

认　亲

　　七月十五定旱涝，八月十五定收成。这一年的七月十五又来了。每到这时，只要谷子灌满粒，高粱晒红米，牛犄角般的玉米扭出棒子秸，珍珠似的豆粒孕育在豆荚里，庄稼人会高兴地说："今年年景可能差不多。"然而，日寇恐怖统治下的昔阳人民，尽管在这样的丰收年景，却也高兴不起来。

　　1940年8月20日开始的"百团大战"，给了日伪军沉重的打击。遭到了百团大战突然而沉重的打击后，驻守昔阳城的日军恼羞成怒，总想死灰复燃，挽回败局。1940年9月中旬，又开始了进一步搜罗特务、汉奸，扩充伪军，并将城关村伪自卫团内一些地痞、流氓、恶棍等分子结成了"棒棒队"，积极准备着对昔阳抗日根据地进行报复性的大屠杀。棒棒队、警备队、警察所、宪兵队等特务汉奸们，簇拥着他的日本主子，杀气腾腾。凡过一村，火光四起，片瓦无存，莫不是"家家哭声哀，人人头顶白"的凄凉景象。

　　在斜峪沟区公所，孙家吉对刘风鸣说："百团大战虽然打了个漂亮仗，但是也暴露了我们的实力，敌人的反扑更疯狂了。咱们西峪可是抗日的样板村、模范村，为了进一步加强你们的力量，区委、区政府决定派一个年轻人到你们村工作，一来是为了帮助你们，二来也是为了锻炼年轻干部。"

　　"他是谁？"

　　"他叫郭银周，过几天我让他到你那里报到，你今天就

不用见他了。"

孙风鸣回到村里的第二天,西峪村来了一个年轻人,他头戴一顶八路军军帽,浓眉大眼,面皮白皙,鼻直口正,有一米七八的个头,上身穿一件深蓝色的中山装,下身穿一条黑色裤子,打着绑腿,脚穿一双缴获的日军翻毛皮鞋,背上背着一个十分整齐的背包,大步流星地来到村公所,对着里面喊道:"刘村长在吗?"刘风鸣和白希盈迎了出来。

来人自我介绍说:"我叫郭银周,今年二十岁,是三都村人,放羊娃出身,区里派我来咱们村工作,现在向你们报到。上级给我的任务是协助你们搞好抗日工作,请你们多多支持我、帮助我。"

刘风鸣自我介绍说:"我就是刘风鸣,在区上孙区长告诉我,你要来我们村工作,没想到你这么年青,人也长得十分精神,我代表西峪村男女老少向你表示热烈的欢迎,希望你的到来,能给我们增添新的活力。"说着接过郭银周背上的背包,一只手提着进了村公所办公室。

办公室依旧十分简陋,只有一张桌子和几条凳子,在墙角处有一张木床,刘风鸣把背包放在床上,"你就住在村公所,如果村里来了客人,你就陪客人在村公所吃饭,没有客人就去村民家吃派饭,这样可以广泛地接触到群众,对于发动群众、教育群众,这是一个难得的机会,要好好珍惜呀!"

这一天,郭银周走在西峪村的大街上,一个村民挑着一担水迎面走来,村民问:"郭干事今天到谁家吃饭呀?"

"今天该到白福元家吃饭了,可我不知道他家在哪里住,你能告诉我吗?"

村民用手指一指说:"往前走到第三户人家门口再向左

拐，就到了。"

郭银周按照村民指的方向走去，拐了一个弯，便到了白福元家：简陋的大门，石砌的围墙，正面有两孔窑洞。

白福元正在院子里喂鸡，老婆郭玉兰正在忙着做饭，这时郭银周走了进来，白福元笑着说："你就是郭干事吗？村里早就通知我们了，说你今天到我家来吃饭，这不我老婆正在准备着呢！"说着搬来一张小桌子和两条凳子，"你先坐一会儿，马上就吃饭。"

这时，郭玉兰端着两大碗"假豆腐"走过来，"吃饭吧！"郭银周和白福元都端起碗来，开始吃饭。

一会儿，郭玉兰又端着一碗饭走过来，一边放在桌子上，一边问："大兄弟，粗茶淡饭的，吃得惯吗？大兄弟是哪里人呀？"

"大嫂，咱都是穷苦人出身，有什么惯不惯的。你做的饭很顺口，特别合我的胃口。我现在是三都村人，是随我妈改嫁过来的，我原是郭家庄村人，父亲名叫郭玉祥。"

郭玉兰听完把双手一拍说："嘿呀！我也是郭家庄村人，孩子你要是不说，我真不敢认你，你一说你爹，我们还是没出五服的亲戚呢！论辈分，你还得叫我姨呢！"

郭银周听到这儿，愣了一下，紧接着问道："你是我姨，这是真的吗？"

"是真的！孩子，这不是找到了吗？以后有空常来姨家走走，我在西峪村也没有个亲人，这下子可好了。"说着眼角不觉淌下了几滴眼泪，又不好意思地赶紧用袖子擦了擦。

郭银周一本正经地说："没想到在西峪村遇到了亲人，那我今天就认你了，我可要正式叫你姨了"，郭玉兰欣慰地

点点头。

郭银周大声叫道:"姨姨!"

郭玉兰也十分干脆地应道:"哎!你以后一定要常来姨家呀!"

"姨,我会的。今天我们亲也认了,饭也吃了,我该回村公所了,还有些事情等着我去做呢",郭银周爽快地回答着。

白福元说:"有事就忙你的吧,反正在一个村,想吃什么就告诉你姨给你做",一边说,一边将郭银周送出大门。

捉　奸

　　按照村公所的安排，这一天，郭银周来张顺宝家吃饭。郭银周坐在炕桌边正在吃饭，这时从张顺宝的大门外走进一个女人来，那人一米六的个子，身材苗条，头发梳理得十分得体，黑亮黑亮的，瓜子脸，白里透粉，细细的柳叶眉，双眼皮，丹凤眼，高鼻梁，樱桃小嘴，红红的嘴唇，上身穿一件红绸绣花大襟袄，把脸衬托得更白、更招人喜欢，下身穿一条蓝印花裤子，脚穿一双白底黑帮的布鞋，走起路来就像一阵风，伴随着淡淡的香味。

　　女子进了大门就喊了一声："妈，我回来了。"

　　张顺宝老婆翟翠花从厨房端着一碗饭出来说："三姑，你怎么回来的？"

　　张三姑边撒娇边说："妈，有一个顺车，我想你，就搭乘着回来了。"

　　张三姑看看母亲手里的一碗香喷喷的河捞说："妈，家里有客人呀"，说着伸出双手去接母亲手里的碗，"妈，我来吧。"

　　翟翠花说："也好，客人是咱村的郭干事，在屋里哪，你给端进去吧。"

　　张三姑端着热腾腾、香喷喷的河捞走进屋，郭银周抬头一看，目瞪口呆，没想到在这个小山村会见到这么漂亮的女人，真好似仙女下凡。郭银周盯着张三姑看，看得张三姑有

点害羞,她羞答答地对郭银周说:"郭干事,饭做得不好,你慢慢吃吧!"

郭银周双手接过饭碗,还在呆呆地看着张三姑。郭银周的心思全跑到张三姑身上了,也不知道一碗饭是怎么吃下去的。

吃完饭后,郭银周无话找话地对张三姑说:"你是从凤居来的,能给我说一说那里的日军情况吗?"

张三姑回答道:"我刚嫁到那里两三个月,根本不知道那里的日军情况,实在没有办法告诉你。"说完话,也用眼瞟了郭银周一眼,发现郭银周也是特别标致的男人,顿时心生好感,好似有一种相见恨晚的感觉。

该回村公所了,张三姑把郭银周送到门口,郭银周一步三回头地走了。

郭银周回到村公所住处,往床上一躺,眼睛盯着屋顶看,张三姑那俊俏的模样老在他眼前晃悠,过了一阵子,猛地坐起来自言自语地说:"哼,迟早是我的",说着把手里的一根木棍折断,狠狠地扔到墙角。

第二天一早,郭银周早早地起了床,迫不及待地来到白福元家。郭玉兰刚把尿盆倒了,大清早地见郭银周风风火火地进来,便说:"银周来了,这才几天,是想姨了,还是别人家的饭吃不惯?"

郭银周也不理她,一掀门帘,进屋在炕沿边上落定后才说:"姨,我想了解一下凤居那里的敌情,听说张顺宝家的姑娘张三姑从凤居婆家刚回来,麻烦你跑一趟,把她叫到你家来,我好问一问。"

郭玉兰不解地问道:"这么简单的事,你去她家直接问一问不就行了吗?"

"她家不方便,这是抗日救国的大事情,需要保密,不能让别人知道了。"

"对我就不保密了吗?"

"姨不是外人,我信任你,你办事,我放心。"

"姨也是过来人,你的心事姨知道,你是要学那西门庆会潘金莲,让我当王婆子呀。"

"既然姨什么都知道了,那我就不用拐弯抹角了,求姨能成全我的好事,我会一辈子记着你的好的。"

"光说好听的没用,来点实际的。"

"你要真能替我办成了这件事,我给你五块大洋,如何?"

"这还差不多,别怪姨不近人情,姨也得吃人间烟火呀,那我们就找个适当时候,我把她叫到家里,让你梦想成真。"说完向郭银周伸出一只手,郭银周心领神会地从裤袋里摸出五块大洋放到郭玉兰的手中。郭玉兰攥在手里掂了掂,满意地笑了笑。

和郭玉兰约好了时间,这一天,郭银周特意打扮了一番,又拿起镜子来仔细端详,头发油光发亮,面白气足,眉清目秀,衣裤整洁,鞋干袜净,一副准备相亲的样子,意气风发地向白福元家走去。

此时,郭玉兰也按照约定的时间到了张顺宝家,张三姑正坐在屋门口的马扎上,一手拿锥子,一手扯着线,"嗤嗤"地纳鞋底,郭玉兰进门就说:"三姑呀,早就听说你回来了,想过来看看你,可这几天农活实在是忙得离不开手,今天得空,说什么也得过来看看你。"

"婶子,我嫁到凤居也有两三个月了,想家想得不行,也是抽不出空来,这两天才有时间回来看看我爹妈。"

"女大十八变,越变越好看。看看,这才去了凤居几天,人是越来越俊了,连我看了都眼气得不行,要是让男人看见,还不得把你吃了。"

张三姑被说得有点不好意思了,"婶子,看你说的,一个出嫁之人,还有什么人稀罕呢?"

郭玉兰拿过张三姑纳的鞋底仔细看了看说:"哎呀,看看我们三姑,不光人俊,手也巧,看看这针线活做的,真是让人眼气得不行,听说你衣服也缝得不错,可不可以给我做一件衣裳?"

"婶子,看你说的,什么可不可以,只要你不嫌弃我粗手笨脚,就谢天谢地了。"

"三姑,那就劳回驾,你到我家去一下。"

张三姑爽快地答应了,跟着郭玉兰出了家门。

一进郭玉兰家正屋,张三姑就看见郭银周坐在炕沿上,心里就明白是怎么一回事了,心里虽然怨恨郭玉兰,"年纪也是一大把的人了,怎么可以骗我这个小辈呢!"可是再一看郭银周,本来对他就有几分好感,而郭银周今天又刻意打扮了一番,更显得风流潇洒,活脱脱一个美男子,看得张三姑不禁心花怒放。

郭玉兰是过来之人,一看张三姑那表情,不着急走,也不埋怨自己,见到生人后也不害羞,就觉得今天这事有门,那五块大洋没白拿。

想到这里,她看看张三姑,指着郭银周说:"这是我的外甥郭银周,在咱们村帮助抗日,你们认识认识。"又看看郭银周，拉着张三姑对着郭银周说："这是俺村最漂亮的姑娘张三姑，嫁到凤居了，这几天回娘家，我今天请她来给我做件衣裳"，说着从箱子里拿出一块布，让张三姑看。然后，一拍脑门像想起了什么似的，"要做衣服，我还得去买点其他东西，我出去一下，你们俩先聊着"，说完一溜烟地出了屋门。

郭银周听到大门"咣当"一声关上，又"咔吧"响了一下，知道这是郭玉兰在向自己暗示："我的使命已经完成，接下来就看你的了。"郭银周此时管不了那么多，急不可耐地冲上前来，一把将张三姑抱在怀里，张三姑也不反抗，只是轻轻地说了一声："看你那猴急样。"

偷欢之后，两个人更是难分难舍，如胶似漆，并约好今后会面的地点：一个是在白福元家，一个是在村公所，郭玉兰充当联络人。从此，郭银周对工作敷衍了事，好逸恶劳，完全忘记了自己是一名革命干部。

俗话说得好，世上没有不透风的墙。他的卑劣行为很快被人们知道了。

这一天傍晚，天刚擦黑，村公所的伙夫王廉科正在生火做饭，听到外面一声轻微的开门声，只见一个人影快速闪进了郭银周的住处。

王廉科悄悄地贴在窗口上仔细听了听，是一个女的正和郭银周嬉笑说话，知道是张三姑来了，他三步并做一步地跑到民兵队长王计所家，"王队长，张三姑和郭银周在村公所约会呢，你快去看看吧。"

"你看清楚了吗？张三姑是有夫之妇，郭银周是革命干部，这事可马虎不得，弄不好会出大乱子的。"

"我亲眼所见还能有假,再去得迟了,就看不见了。"

王计所出门叫了白希盈等人一起来到了村公所,在窗外一听,猛地一脚将郭银周的寝室门踢开,看到郭银周和张三姑俩人正在被窝里抱成一团,当场捉奸成功。

在皋落抗日政府驻地,西峪村派白希盈已把郭银周送了过来,郭银周被五花大绑。

周壁和孙家吉满脸怒气,孙家吉说:"你辜负了我们对你的期望,做出这等有损抗日政府形象的事,禁闭二十日,开除公职。"郭银周随后被押走。

在抗日政府的禁闭室,门外有一名战士站岗,大门上着一把铁锁,屋内郭银周在桌子上写着什么。

孙家吉来到禁闭室门前,站岗战士向他敬礼,孙家吉说:"把门打开。"

孙家吉走进屋里对郭银周说:"今天是二十日的禁闭期的最后一天,抗日政府研究决定,维持对你开除公职的处分,你回家务农去吧,希望能改过自新,多做善事好事,你还年青,今后还可以回来继续革命。"郭银周一言不发,恶狠狠地走出了禁闭室。

郭银周失魂落魄地走在回三都的路上,心里像十五个水桶打水——七上八下,心想:"西峪村没有一个好人,要不是他们多管闲事,我也不会有今天,此仇不报,我还算什么男人",想到这里,他一掉头向县城方向走去。

碰　壁

在昔阳县城清水利一的办公室里，郭银周对清水利一说："太君，我叫郭银周，是八路派到西峪工作的，对那里的情况再清楚不过了。西峪村是共产党八路军抗日的模范村、样板村，他们死心塌地与皇军作对，窝藏八路，给八路送粮做鞋这些事情经常干，再不剿灭，就不好对付了，只有血洗西峪村，彻底清除后患，皇军才能高枕无忧。"

清水利一听了，大加赞赏："郭桑，你的，皇军的朋友，中国人的明白人，只要好好地为皇军出力，中日友善功劳大大的。"说完，清水利一抓起桌子上的电话，对着话筒说："给我接三都据点。"不一会儿，又对着话筒嚎叫："西峪大大的坏，八路大大的有，你们统统的饭桶，给我快快的查，查实后统统的死了死了！"说完把电话狠狠地摔在桌子上，咬着牙扫视了一下屋里的人，只管在那里喘着粗气。

清水利一的恼怒是有原因的，这段时间在昔阳的"清政"和"清剿"成绩卓著，一大批抗日分子被抓，清水利一因此得到了华北日军总部的嘉奖。在这个关键节点，出了西峪这档子事情，这要是让上边知道了，以往的努力就白做了，你说他能不气恼吗？

三都炮楼的渡边一郎接到清水的电话后，不敢怠慢，对着传令兵说："王会长的有请，快快的去。"

渡边要找的这个王会长,正是三都维持会会长王通。王通在这一带也算个人物,他是三都的首户财主,有三百亩土地,三处宅院,常年用六个长工。王通从小读书,中学毕业加入伪组织"新亚会",发展了23个新亚会会员,其中有西峪的李维祥、王丙午、李家同、李春林等,还兼任一区新亚会的负责人、三都维持会会长,是一个地地道道的铁杆汉奸。

不一会儿,王通匆匆忙忙地赶了过来。只见这个王通,大高个子,小平头,圆脸,两只小眼睛,满脸肉疙瘩,人送绰号"癞蛤蟆",一进门就点头哈腰,"太君找我,我来了。"

"王桑,清水长官说有人报告西峪村藏有八路军,你的悄悄地去西峪查看查看,回来报告。教书先生李维祥是我们的人,你可先去找他。"

"明白明白,我这就去查实,回来向太君报告。"

西峪村,李维祥刚把王通让进屋,吩咐翟小凤安排酒菜。李维祥也是一个聪明人,自打王通进了院子,综合近来西峪村发生的事情,他就猜到这次是来者不善。上次因为他送的情报导致了刘马小的死亡,让他感觉背后总有双愤怒的眼睛盯着他,几次从梦中惊醒,梦见刘马小向他索命来了。特别是村里人越对他好,他就越有一种内疚感,这种复杂的心态时时在折磨着他。

尽管这样想着,李维祥还是装作什么也不知道的样子,和王通寒暄了起来:"王会长,稀客呀,是什么香风把您老给吹来啦,让我这寒酸小屋是蓬荜生辉,蓬荜生辉呀!"说着一杯一杯地劝王通喝酒。

王通对李维祥说:"有人向清水利一告密说西峪村窝藏

碰 壁

八路军，专门与皇军作对，渡边太君让我来找你了解了解情况，你给皇军立功的机会到了。"

"我最近只顾一心一意地教书，没有太多注意村里的情况，至于有没有八路军藏在村里，我实在不知道，此事关系重大，我不能瞎说，弄不好会出大事，西峪村会遭殃的。我们不要再做坏事了，要给自己留条后路，你说对不对呢？"

"维祥呀，你不会是被共产党赤化了吧，怎么说的话都是向着共产党，你可要知道自己的身份呀，不要两头都不落好，那可就有你好看的了。"

"什么赤化黑化的，我只是近来没有留心罢了，从现在起我留心就是了，有消息我马上通知你们，你看怎样？"

王通看看再问也问不出个屁来，只好说："我现在回去向渡边太君报告，你要好好搜集情报，一有消息马上向皇军报告。"说完，又饮了一杯酒与李维祥告别，趁着夜色溜出了西峪村。

王通连夜向渡边一郎汇报："李维祥说在西峪村没有发现共产党八路军，也没有人通共。"

渡边听了火冒三丈，"啪啪"左右开弓抽了王通两个嘴巴，"饭桶，饭桶，统统的饭桶。你的把翟队长的叫来，训话的有。"

翟启元听到渡边叫他，又看到王通那副狼狈相，心想准没什么好事。脚刚迈进门，渡边就劈头盖脸地训道："你的什么的干活，你妹夫在西峪村一点消息的没有，要他何用？你们对皇军大大的不忠"，说着从腰间抽出指挥刀，双手一押，砍掉桌子一角，"明天你与王桑再去西峪，八路活动的情况一定要得到，拿不回来死了死了的有。"

告 密

　　一阵秋风从山垭口刮过来，吹得满山坡的茅草瑟瑟发抖。秋风一天凉似一天了。

　　在三都通往西峪的路上，翟启元和王通领着一队伪军向西峪而来。王通对翟启元说："据我观察，维祥不是什么也不知道，好像有什么难言之隐，说话支支吾吾的，我已看出来了，但隔着你们这层亲戚关系，所以没敢向渡边太君汇报。今天你来了一定要动真格的，不要感情用事，否则我们交待不了渡边太君，我们都得玩儿完。"翟启元心事重重，只是点了点头，但没吭声。进了西峪村，他们直奔李维祥家而来。

　　李维祥一看昨天刚把王通糊弄走，今天大兄哥和王通又一起来了，心想今天情况更不妙，也只能笑着迎上去，"哥，你来了。"翟小凤听到后也从屋里迎了出来。翟启元一言未发，只是用眼瞟了他们两口子一下，便一头钻进了屋里。

　　李维祥对翟小凤说："你快去给哥准备酒菜，我好好陪陪他。"

　　自从进到屋内，翟启元就一直绷着个脸，这时翟小凤把酒菜端了上来，翟启元还是绷着脸不说一句话，连翟小凤也不搭理。这阵势让李维祥手脚无措，不知如何是好，心里正犯嘀咕呢。

　　隔了一会儿，翟启元终于开口了，"维祥，你在西峪住了这么久，难道西峪通匪的情况你一点也不了解？就送了一个刘马小的情报，结果什么也没捞着，还挨了渡边太君一顿臭骂。别忘了，咱们是一条绳上拴着的两个蚂蚱，跑不了你，也蹦不了我。三都炮楼渡边太君被清水太君在电话里骂了个狗血喷头，谁能逃脱？渡边太君派我来查探，没有结果我是回不去的，你看怎么办？"李维祥一看大兄哥今天摆这架势，是先唬后逼，心想："今天这关是糊弄不过去了，怎么办，怎么办？哎，有了！即使告密，我也不能牵这个头。"

李维祥急中生智，想到了一个人，于是对翟启元说："哥，你说的是，保命要紧，不过我得给你引见一个人，你看可以吗？"

"只要是给皇军办事，快快有请。"

"你们稍等，我去请他。"

李维祥要引见的人不是别人，正是王丙午。因为那场丧事风波，有武工队给白家撑腰，王家是丢人现眼，在村里抬不起头来，一提起此事，恨得王丙午是咬牙切齿。

在王丙午家里，李维祥对王丙午说："丙午老弟，三都炮楼的翟启元是我的妻哥，今天来西峪查探窝藏八路军、通共的事情，我实在是知道的不多，请你帮帮忙，不知你意下如何？"

王丙午一听，心想："出气的机会终于来了。"他把对共产党、八路军的怨恨都发泄了出来，"西峪村窝藏八路军由来已久，什么共产党、武工队、民兵、自卫队、妇救会都在暗中活动，还想攻打三都炮楼，这些情况都是真的。我家被武工队害得够苦了，应该报告皇军镇压一下这些通共分子，就是全杀了，也一点不冤枉。"

李维祥一听,精神一振,可还是小心地说:"这要报告了皇军,西峪百姓肯定会遭大殃,咱们要不要再好好商量商量?"

"你要害怕,那咱们见了你妻哥再定。"

翟启元、王通、李维祥、王丙午四个人在一起最后商定告密的事情。翟启元说:"八路在西峪村活动的事,谁也包不住了,我办不好这件事,怕是死罪难逃,你们知道多少就报告多少。"

王通说:"要对皇军绝对忠诚,西峪窝藏八路的事是铁板钉钉,咱们还是汇报了吧。"

李维祥说:"我来西峪是以教书为名的,这几年西峪村的老百姓对我不错,一告密我就暴露了,我以后就不能再在这里待下去了,看来我这个好人是做到头了。那就只好听大伙的,向皇军报告吧。"

王丙午也开了口:"我可盼到这一天了,我与共产党、八路军势不两立,他们减我家的租,众目睽睽下让我们王家丢人现眼,不请皇军来教训教训他们,他们就不知道马王爷长几只眼!"

翟启元说:"既然这样,那就由维祥执笔,大伙一起写一封信,好向渡边太君交差。"

李维祥拿出笔墨,亲自执笔写下了一封密信,内容如下:

三都炮楼宪兵大队长太君阁下:

西峪村多年受共产党领导,窝藏八路军活动猖獗,反对皇军建立大东亚共荣圈新秩序,他们拒不维持，暗地活动，等待时机，攻打三都炮楼，全村男的多为共产党，女的皆为妇救会，如不采取措施，血洗西峪，三都炮楼将不能安稳存在。

特此报告
王通　李维祥　王丙午谨上

翟启元将密信带回三都炮楼，交给渡边一郎，渡边一看如获至宝，抓起电话，向清水利一报告："报告阁下，我这里得到可靠情报，西峪村男的多是共产党，女的皆是妇救会，他们正计划攻打我三都炮楼，为了我们的安全，请求血洗西峪村。"

清水利一听完报告后，慢慢地放下话筒，把右手紧握成拳头，眼睛睁得圆圆的，额头上的蝎子疙瘩拧得更紧了，鼻子下边的一小撮胡须一动一动的，"西峪村的，良心大大的坏了，统统的死了死了。"然后对着门外喊道："来人。"应声进来一个传令兵，清水利一命令道："命令驻昔阳城宪兵队、警备队、三都据点渡边一郎所部、凤居据点佐佐木所部、钟村和青岩头村的棒棒队全部出动，明日一早西峪村的干活。必须将西峪村团团围住，不让他们有一个逃跑，倘有逃跑的，许可立即开枪射杀。"

"哈伊！"传令兵领命而去。

进 村

1940年11月18日（农历十月十九）凌晨三点钟。

夜色茫茫，寒气袭人，黑黝黝的苍穹像一口大黑锅似的盖在县城上空，压得让人有种喘不上气来的感觉，有几颗赶早的星星已经升起来了，时不时地眨几下寂寥冷漠的眼睛，注视着这个被鬼子蹂躏得不像样子的县城。

此时，人们还沉浸在甜美的梦乡中。大街上静极了，偶尔传来几声孩子的哭声和西河滩几只野狗争抢死尸的狂吠声，让人听了不由心尖颤抖、毛骨悚然。

而此时在昔阳县城宪兵队大院里，却是另一番景象：几声"阿兹马雷（日语'集合'）"的喊话后，黑压压地站了300多人，有驻昔阳日军宪兵队、警备队、来自钟村和青岩头村的棒棒队。清水利一骑在一匹黑色的高头大马上，摇头晃脑，不可一世。

这时，叛徒郭银周走到清水利一面前，说："太君，西峪村我的熟悉，西峪村的共产党员、村干部我的认识，我给皇军带路，如何？"

清水利一看了看郭银周，"郭桑，皇军真正的朋友，你的带路，皇军大大的高兴，呦西呦西！"

郭银周得到清水利一的夸奖，真像得到主人扔给一块骨头的狗，高兴得有点不知道东西南北。

清水利一命令道："西峪村的出发。"大队人马从宪兵

进 村

队大门涌出,朝西峪村方向开拔。善良的西峪人民,哪里知道万恶的日本强盗,正在预谋一场狠毒、血腥的大规模屠杀。

11月18日这天,正值深秋时节。庄稼地里到处都是枯黄一片,漫山遍野的红叶像火一样跳跃着,飞舞在秋天最后的绿色中。由于1939年是个大旱年景,1940年相对来说是个丰收年。一些村民地里的庄稼还没有收拾干净,勤快一些的村民早早地背着镰刀,担着担子,到地里干起了农活。而大多数村民仍然沉浸在甜美的梦乡中。

这一天,在西峪村北边的井垴山顶,这是一个制高点,向西南可以监视三都方向之敌的动态,向东南可以远窥来自凤居方向的敌人。这天放哨的是民兵刘清贤,天刚蒙蒙亮的时候,他警惕地扫视了一下四周,发现没有什么动静。在东方泛出鱼肚白的时候,刘清贤挑起一担干草往村里走去。

就在刘清贤下山不久,来自三都方向的日伪军由渡边一郎率领,迅速占领了井垴山这个制高点,并把西北方的所有出村路口全部封死。按照和渡边一郎的约定时间,清水利一率领的大队人马与凤居之敌会合,控制了西峪村南的制高点,封死了东南方的所有出村路口。

两路敌人都是一边走,一边选择地形,一边布置队伍。西峪村像个不知名的物件,慢慢地被装进这条人为的"布袋"里。西峪村南的上空,"刷"的一颗贼亮的绿火球,像只箭似的升上去,划个火钩子形,急剧下降,消逝了;跟着,西峪村北的上空,又是一颗。东西两路的敌人,用信号弹取得联络,会合了。这个人为的"口袋",就这样绑扎得死死的。

树上,巢窝里栖睡的乌鸦,被突来的声音搅醒,"噗

啦"一下飞离开,"咿呀咿呀",在西峪村的上空,盘旋着飞叫了几声,便朝着远方飞去了。

阴沉郁闷的气氛,笼罩着西峪村,而西峪村的人们,还沉浸在香甜的梦境里。

早上七点钟光景,大队日伪军枪上膛、刀出鞘,沿西河河沟杀气腾腾地闯进村来。村子里顿时响起了疯狂的狗吠声、鸡扑棱着翅膀惊慌的咯咯声和羊群时紧时慢的咩咩声。"砰"的一声枪响,一只狂叫的狗躺在地上脑袋开了花,其他的狗在惊吓中逃窜。

鬼子以开会为名,挨门挨户地搜查、抓人,砸门声、吼叫声、咒骂声响成一片。人们在梦中惊醒,有的找地方躲藏;有的向外跑,被道口的日军放枪挡了回来;有的吓得直哭;有的老年人跪在地上求老天保佑。

在村民王殿珍家,王殿珍和往常一样起床后出门去上厕所,忽然看见山沟里出现了一大群日伪军,赶紧提着裤子往回跑,一进门赶快推醒睡在炕上的孩子们,"快醒醒,快醒醒,孩子们,日本人来了!"话还没有说完,日军就闯进了院子,喊道:"快快的去开会,不去开会死了死了的有。"

两个日军冲进屋里,用枪逼着王殿珍,示意往外走。王殿珍指了指炕上还在睡梦中的五岁女儿刘卫棠说:"我不能去,我有小孩。"日本兵说:"小孩子的抱上,开会的必须。"王殿珍抱起孩子,从屋里走出来。

王殿珍的儿子刘崇妮,趁敌人不备,躲到大门外的草棚里得以幸免。来到街上,碰到白大孩的奶奶抱着一个,拉着一个孩子往会场走。到了会场,王殿珍一眼看见丈夫刘同昌也被押在会场,他被用一根绳子和一群人串捆在一起,丈夫也用眼光打量了一下王殿珍。

在王家坪，30多个村民情急之下藏到了一个搭着顶棚的破羊圈中。一队伪军七八个人，来到羊圈门口，往里一看黑乎乎的，伪军小头目踢了一脚前面的一个伪军，说："你进去看看，有人没有。"

伪军很不情愿地看了一眼小头目，小头目用枪又指了指伪军，"快点去，不听话我告诉皇军枪崩了你。"

伪军无奈地走进了羊圈，羊圈外阳光强烈，羊圈里光线灰暗，伪军禁不住眯起两眼在圈口停了片刻才适应了羊圈里的光线。突然，他发现了那些挤在一起的村民，伪军轻声说："你们别动，要让日本人知道了就没命了，今天日本人是来杀你们的，我一会儿出去给你们把门关好，你们千万别出声。

这时小头目从外面向里喊道："哎！有人没有人？"伪军从羊圈里出来，狠狠地用脚把羊圈门踢上，"别说人了，连个鬼都没有。"这队伪军在小头目的带领下继续向前搜索。

村民白万良远远看见棒棒队左臂扎着白毛巾，手中拿着木棒在一家一家地抓人，"怎么办？与其让敌人抓了去，不如冒充一下棒棒队，蒙混过关"，想到这里，他也找了一条白毛巾捆在左胳膊上，顺手拿了一根棒棒，吆五喝六，和敌人混在一起抓人开会。中途，他瞅了个机会，从石槽沟跑到了北坡，山上的哨兵见他臂上有白毛巾，也没有拦他，就这样他跑出了村外，成为一名幸存者。

敌人这次袭击的规模较大，行动突然、诡秘，有目的地先奔袭、后清剿，确实给西峪村的人们来了个防不胜防。

农会主席白希盈和青救会主席白景元，正在一个巷子

里跑,突然遇到了区干部李政明,白希盈对李政明说:"老李,你怎么还在村子里呀,快跟我来。"他们仨人一起朝地主白计明家跑去,白计明家大门开着,院子里早已没有了人。

来到院西一个放菜的大地窖前,白希盈和白景元合力把窖盖揭起来。白希盈说:"老李,快下去,先在这里躲一躲,等鬼子走了,我们再来叫你。"李政明迅速进入窖中,白希盈和白景元随即把窖盖盖好。

出了白计明家,他俩分头继续向北跑,白希盈跑到李维祥家门口时,看到日军已派了岗哨,李维祥平日的所作所为迅速在他的脑海里闪过,心想:"李维祥果真是敌人的奸细。"

白希盈跑到了北坡,在坡顶刚一露头,两个黑洞洞的枪孔就对准了他的头,白希盈抬头一看是在这里站岗的日军。日军把白希盈绑了,押到了五道庙。

白景元则向黑洼村的山上跑去,有一个日本兵和两个伪军看到了白景元跑到山洼下,就朝着他开了两枪,白景元迅速钻到了车掌的山洼里。三个敌人追过来搜查,白景元瞅准时机,待敌人靠近后,将一颗手榴弹扔了出去,"轰"的一声,三个日伪军被炸飞,白景元趁机跑到了黑洼村,逃过了一劫。

白栓义是西峪村的武术高手,凭着习武人的直觉,他预感到今天事情不妙,于是背起大刀,骑上小毛驴就往村外走。把守村口的十几个日军"哗啦"一下将他围在中间,"嗷嗷"地朝他直叫,原来白栓义背着的那把大刀激起了这伙"东洋武士"的兴趣,他们向白栓义发出了挑战。白栓义从背后抽出大刀，慢慢地从驴背上跳下来，拉开架势，"小日本鬼子，爷爷让你尝尝中国功夫的厉害，来吧！"

两个日本兵端着刺刀向白栓义刺来，白栓义眼疾手快，用大刀左右一挡，随后以迅雷不及掩耳之势，抡开大刀左右一砍，两个日本兵惨叫一声倒地毙命。其他日本兵一看，气得嗷嗷叫着一起向白栓义刺来，白栓义用足了力气，抡起大刀向四周划了一圈，只听"咔咔咔"一阵响声过后，两个日本兵的枪被震得掉在了地上，还有几个日本兵的虎口被震裂，十几个日本兵一起倒退了好几步。

白栓义趁势抡起大刀向其中一个日军砍去，"叭"的一声，这个日本兵向白栓义开了一枪，白栓义一个趔趄，大刀扎在地上，双手拄在刀柄上，胸口流出了鲜血，迅速湿了一大片，这时其余日军同时开了枪，白栓义的身体抖动了几下，他的胸口被打成了马蜂窝，鲜血不停地从他的口中涌出，双手也松开了刀柄，身体重重地摔在地上。

解决了白栓义，日军又去拉他的小毛驴，小毛驴仰起头，悲伤地地叫了几声，那叫声在平时让人可能生厌，此时却有些悲壮。只见小毛驴一尥蹶子，后蹄猛踢了一下靠近的一个日本兵，敌人万分惊慌，向小毛驴开了枪，一颗子弹穿过了小毛驴高高扬起的头，小毛驴眼睛睁得大大的，想再悲壮地吼叫几声，但没能叫出来，挣扎了几下，便重重地倒在了地上。

抗 争

当太阳升到东山坡的时候,最后一批人被赶到村东五道庙前。庙前是一个大广场,广场上站着黑压压的一大片,全是人,许多人被绳子串捆在一起。

五道庙前的制高点上架着机枪,四周站满了荷枪实弹的日伪军和棒棒队,乌黑的枪口,雪亮的刺刀,一齐对着扶老携幼的人群。

好多村干部、共产党员没有来得及转移,妇救会主席刘金荣、农会主席白希盈、共产党员白福元、民兵队长王计所,都被赶到了五道庙。

清水利一手提着一把三尺多长的指挥刀站在人群的前面,在他的左边站着叛徒郭银周,右边站着日军翻译。郭银周耀武扬威地在人群前晃来晃去,丝毫不在乎人们鄙视的目光。现在,大家都清楚了,是这条毒蛇引来了日本人,白福元、张顺宝两家肠子都悔青了,真是悔恨交加。

翻译在清水面前说了几句悄悄话,清水狰狞地一笑,走上了一个石台上,操着一口生硬的中国话:"大家不要怕,皇军是为了建设大东亚共荣来维持治安的,听说共产党常来你们村,不断干扰皇军的工作,我们就不能不管了。皇军知道你们村大多数是大大的良民,只要你们能说出谁是共产党,谁是八路军,谁是村干部,谁家藏过八路军武工队,说出来就让你们回家,皇军说话是算数的。"清水说完,环视了一下在场的群众，大家都一声不吭，只是用愤怒的眼光看着敌人。

清水利一等了一会儿，没有一个人出来说话，气得眼睛都红了，日军翻译见主子下不了台，摇头摆尾地讨好说："太君息怒，小人来问。"不管他怎么问，人们回答他的只是一阵嗤鼻声、吐痰声和鄙视的目光。

清水利一不耐烦了，把手一挥，一个日本兵从人群中拉出村民王润小，清水走到王润小面前，笑着说道："你的不要害怕，只要你说出谁是共产党员，谁是村干部，马上放你回家。"

王润小说："我真的不知道。"话音还没落，只觉眼前寒光一闪，清水利一手起刀落，王润小的脑袋被活生生地砍了下来，一股鲜血顿时从脖子里喷涌而出，小孩子们哪见过这场面，吓得"哇哇"直哭，大人们赶紧把自己的孩子紧紧地藏在怀里，广场上陷入一片沉寂。

郭银周绕着人群走动着，像一条毒蛇搜寻着猎物。突然，他发现了自己要找的猎物，一眼看见了人群中的农会主席白希盈。他似乎有些喜出望外，心想："白希盈，当初是你捉奸搅了我和张三姑的好事，又是你把我押到区公所，让我被关禁闭、开除公职，丢人现眼，身败名裂，今天我要让你拿命来偿还这一切。不，不，光你一个人还不行，今天我要在这里唱一出《肉丘坟》。"

白希盈并不回避郭银周毒辣的目光，他与郭银周对视了几秒钟，郭银周终于避开他的目光，来到翻译跟前说了几句话，翻译又到清水利一面前叽哩呱啦地说了几句，清水利一连说了几声"哟西"，随后几个日军在郭银周的带领下冲入

人群中，郭银周指着白希盈说："就是他。"

日军从人群中把白希盈拉了出来，带到清水利一面前，翻译说："他叫白希盈，是共产党员，还是村干部。"

清水听完，在白希盈面前伸出右手比划了一个"八"字说："你的，八路的干活？"白希盈摇摇头。

清水利一又问："你的村干部的干活？"白希盈点点头。

清水利一也满意地点点头，笑嘻嘻地说："呦西，呦西，你的把村里的共产党员、村干部、八路家属统统地讲出来，回家的干活。"

白希盈大义凛然地说："我只知道我，别人我不知道！"

郭银周凑过来说："你还是说了吧，今天你不说，能饶了你吗？西峪村与皇军作对，这是铁的事实，瞒得了别人，还能瞒得了我吗？"

白希盈对郭银周说："进前一步，我有话要给你说。"郭银周心想："原来你也有害怕的时候，知道求饶我了，今天我也让你出出丑。"想到这里，他向白希盈跟前走近了两步，只听"呸"的一声，一口浓痰重重地甩在郭银周的脸上。

众目睽睽之下，又冷不防来了这么一下，郭银周感到周围的人都在看他的笑话，那小白脸"唰"得一下就红了，赶紧拿袖子去擦。

白希盈正义凛然，大骂道："郭银周，你这个可耻的叛徒，认贼作父，助纣为虐，帮日本人害自己人，你怎么还有脸活在人世，你能对得起姓郭的祖宗吗？"清水利一一挥手，几个日本兵上前去，用枪托猛砸白希盈，白希盈被砸倒在地，接着日军开了枪，白希盈身中数弹倒在了血泊中，光荣牺牲了。

接着，日军又从人群中胡乱拉出一位老汉。老汉名叫刘狗眼，已经是七十多岁的人了，白头白眉白胡子，弯腰驼背，步履维艰。刘老汉被敌人推得东倒西歪，跟跟跄跄，好半天才站稳了。

翻译上前一把抓住刘老汉的胡子，瞪着眼睛，"老头，看你这一大把年纪了，还能蹦跶几天，想有个好的结局，你就老实说谁是共产党，谁是村干部，谁是八路军家属，说出来，你就可以回家；不然的话，今天就是你的死期。"

刘老汉仰着头，一句话也不说，翻译放开老汉的胡子，向一个日军使了个眼色。那个日本兵上来对着老汉的头就猛地砸了一枪托，老汉猝不及防，顿时血流如注，摇晃了几下，就倒在了地上。几个日本兵冲上来，抬起老汉扔到了旁边的粪坑里。老汉在粪坑里挣扎了几下，就再也没有了动静。

清水利一没想到西峪村的老百姓还这么难对付，他瞪着血红的眼睛吼道："西峪村没有一个良民，不说就统统的死了死了。"他举起一只手，四周的日伪军"唰"的一下都端起了枪，枪栓拉得"哗哗"响，高台上的机枪手也拉动了枪栓，就等他一声令下。

场上的气氛紧张到了极点，周围的空气仿佛已经凝固，大伙都屏住了呼吸，有的甚至闭上了双眼，心想："这下子完了，都别想活了。"

牺 牲

场上压抑的气氛仿佛就在刹那间就要彻底被引爆，就在这时，"住手，我是共产党员，我是村干部，不准伤害老百姓！"

一声清脆的断喝犹如晴天霹雳，大家不约而同地寻声望去，是刘金荣！

清水利一也愣了一下，睁大眼睛寻找着声音的来源。只见从人群中挤出一个妇女，目不斜视，毫无惧色地走了出来。几个日伪军端着枪向刘金荣扑过来，清水利一吼道："八格呀噜！"那几个日伪军立刻站在那里，不敢再动。

清水利一笑眯眯地走到刘金荣跟前，劝道："皇军很佩服你们共产党人的骨气，不过你要想一想，如果你说出来，就能保全全村人的性命；如果不说，你就要害了全村人，你要分清利害呀！"

刘金荣用轻蔑的眼光看了看清水利一，把头向旁边一扭，一言不发。清水利一气得暴跳如雷，把手一挥，一个日军上前一把抓住刘金荣的头发，把她拖倒在地，问："你的，到底说不说？"

刘金荣斩钉截铁地说："就我一个，要杀要砍随你们，你们别想知道其他人。"

清水利一用手一指旁边的一棵椿树，命令道："把她给我吊起来。"几个日伪军上前用绳子把刘金荣反手吊在了椿树上。

清水利一又叫嚣道："给我打，给我狠狠地打。"几个日伪军抡起木棒对着刘金荣就是一通乱打。

刘金荣忍着剧痛，咬着牙关，吭都不吭一声，对她来说，苦难、疼痛已是司空见惯，自己从小受人贩子欺负，受那些地主老财的欺负，是共产党、八路军让自己这个苦孩子扬眉吐气地做了一回人，自己是西峪村唯一一位女共产党员、村干部，给八路军做军鞋、筹集军粮、送情报、服侍伤员，特别是区领导表扬自己的那些幸福的日子，一一在她的脑海中掠过。

这时她微微抬起头，看了看众乡亲和战友们，大家都在关心地凝望着自己，几位乡亲低头啜泣起来，身下是自己生活、工作、战斗过的热土，眼前是自己无限热爱的众乡亲，想到这里，一种幸福感油然而生，很快涌遍了她的全身。尽管木棒无情地落在身上，皮开肉绽，骨折筋断；尽管鲜血不停地从身上滴落，染红了身下一大片土地，但这个坚强的女人就是不吭一声，她越是不吭，敌人越是恼羞成怒，下手也越狠，刘金荣终于头一歪，晕了过去。

敌人把刘金荣从树上放了下来，她倒在血泊中，一动也不动。一个伪军提了一桶冷水，朝着她猛泼了过去。

在冷水的刺激下，刘金荣慢慢地睁开了眼睛，她已是血肉模糊，身上的每一处关节、每一块肌肉都失去了知觉。她想挣扎着站起来，可是她的双腿已被打断，再也无法站起来了。

她用微弱的声音骂道："你们这些强盗，侵占中国土地，杀害中国人民，中国人民是杀不完的，胜利一定是中国

人民的，日本帝国主义是不会有好下场的。"

清水利一喊道："顽固不化，死了死了的有。"

两个日军强行架起刘金荣，硬生生地拖到了三角粪坑边。刘金荣脚下，一串长长的血痕异常醒目。

刘金荣知道，自己为党献身的时刻到了，是党培养了自己，自己是党的女儿！自己没有给党丢脸，为党的事业献身，自己感到无上光荣！此刻，她想理一理头发，但双手被日本兵架着，只能强忍剧痛，拼尽全身力气，高呼："打倒日本帝国主义！中国共产党万岁！胜利一定属于我们！"就在两个日军撒手的同时，清水利一手中的枪响了。

冬日的阳光撕开一道缝隙，洒到刘金荣的头上和身上，刘金荣的思绪模糊起来，她看见山坡上她最喜爱的淡蓝色的荆子花和粉红色的打碗花争奇斗艳，流云舒卷如画，枯黄的苦艾草又绿了，群山沉静温婉，没有恐惧，没有惊扰。溪流轻快地欢唱着，而那成片成片的红叶倏忽间就绽满了山冈，红红的无边无际，把十里八坡都照亮了。

刘金荣三十六岁的生命就这样飞进了群山，飞进了千千万万百姓心中。

西峪村的群众看着刘金荣被杀害，愤怒到了极点，一起向敌人涌去。共产党员王运来乘势在人群中大声喊道："乡亲们，今天咱们反正都是死，小日本不会放过咱们，宁可站着死，决不跪着生，咱们和他们拼了。"群众一拥而上，和敌人展开了肉搏。

民兵王金贵的一身武功，终于有了用武之地，他赤手空拳对付几个伪军。几个伪军一起向他扑来，他纵身一跃，前后脚同时踢向敌人，两个伪军被踢倒。王金贵还没等双脚落地,他的双臂又向四周一扫,其余几个伪军也被扫得东倒西歪,洋相出尽。敌人虽然没讨了便宜,但仗着人多势众,最终把王金贵拿下,结结实实地绑在了椿树上。

民兵王存喜、白存礼也加入到与敌人搏斗的行列,白存礼高声喊道:"杀一个换一个,杀两个赚一个,不能坐着等死。"两个人一起干掉了几个伪军,但最终牺牲在了敌人的枪口下。

这时,敌人被一群捆绑在一起的群众冲散,民兵王殿义和白仲科趁乱跑出了敌人的包围,向念沟坡跑去。王殿义在前面跑,两个伪军在后面追,王殿义跑得飞快,伪军一看追不上了,就向王殿义开枪。一个伪军开了一枪,没有打中。另一个伪军随后又开了一枪,打中了王殿义的左背,他当下倒在地上,假装死了,那个伪军跑到他跟前验伤,王殿义不顾伤口疼痛,一跃而起,把伪军摔倒压在身下,夺了伪军的步枪,用枪托朝伪军的头猛砸,那个伪军蹬了蹬腿就死了。

王运来没有王殿义幸运,终因寡不敌众,他的手脚被几个日伪军死死地抱住。清水利一朝着王运来一指,一群日伪军端起刺刀一起向王运来刺去,王运来的前胸后背都被刺刀戳穿,鲜血从他的口中喷涌而出,王运来壮烈牺牲了。日伪军好像并不解恨,一起把他的尸体用刺刀挑在空中,又重重地摔在地上。

敌人血腥镇压了群众的反抗,清水利一没想到西峪的老百姓如此厉害,赤化得如此彻底,斗争如此坚决。这时,翻译按照主子的吩咐,正命令郭银周把村里的所谓可疑分子,从人群中指认出来,然后用绳子把他们拴在一起,又挑出几个模样俊俏的姑娘,也用绳子串捆在一起。

屠 村

慌乱中,一个十几岁的小孩从人群中跑出来,一把抱住郭银周的腿就咬,看得出来,小孩是拼尽了全身力气,霎时郭银周的腿肚上显现出两排鲜红色的齿痕,把这个叛徒疼得大叫了一声,敌人全都愣在了那里,半天才回过神来,几个伪军冲上去把那孩子按住,问道:"你是什么人?不想活了?"

那孩子挣扎着说:"我是王运来的儿子,你们这些坏了良心的狗腿子,杀害了我爹,我一定要杀了你们,给我爹报仇。"几个伪军听了,抡起木棒在孩子身上就是一通乱砸,王运来的儿子王永柱也献出了年仅十三岁的生命。

清水利一看了看死在粪坑里的七十岁老汉刘狗眼,又看看刚刚被打死的王运来十三岁的儿子王永柱,神情有些慌恐,他朝天放了一枪,吼道:"统统死了死了的。"日伪军开始用木棒和枪刺把群众往三角粪坑里赶。

五道庙的旁边有一堵近二十米长、十几米高用石头砌成的墙。在墙的下边有一个一丈多深,边长约有十几米的三角粪坑,坑里全是粪水。人们极力地反抗着,无奈赤手空拳抠不过木棒和枪刺,还是一批一批地被赶到了粪坑里,前边一批被推下去还未站稳,后边一批又被推了下去,人踩人,人压人,乱成一团,此刻人们都知道自己已是敌人手中待宰的羔羊,于是喊叫声、骂声、哭声汇成了一片。

屠 村

清水利一得意地欣赏着自己一手导演的"杰作",粪坑内弥漫的惶恐气氛和血腥味仿佛刺激到了清水利一这个嗜血成性的恶魔,他开始了更为狰狞的表演。慌乱中,一个不足三岁的小孩和大人冲散,坐在地上一个劲地"哇哇"哭叫,清水利一走过来手起刀落,小孩子瞬间被劈成了两半,鲜血喷了清水利一一脸一身,军刀上的鲜血顺着锋刃滴落到地上,清水利一用戴着白手套的手轻轻地擦了擦刀上的鲜血,又朝两个日军一挥手,两个日军跑过来将地上被劈成两半的小孩尸体捡起来扔到了粪坑里。

正在这时,封锁路口的伪军哨兵把两个赵壁村来西峪村驮煤的群众也押了过来,一个伪军说:"他们不是西峪人,是来驮煤的。"清水利一不由分说,下令将这两个驮煤的也一起推到三角粪坑里。

清水利一朝着高台上的日军机枪手命令道:"机枪射击"。日军机枪手扣动了扳机,一条条火舌从枪口喷射而出,一排排子弹无情地射向了粪坑中手无寸铁的群众,人们一批一批地中弹倒下去。

王殿珍怀里抱着五岁的女儿刘卫棠,一个日军趁王殿珍惊慌之际,一把抢过孩子扔到了粪坑里,王殿珍跑到坑边去拉女儿,被日军一脚踢进了粪坑。

清水利一又命令伪军和棒棒队向粪坑里扔手榴弹,"轰轰"的爆炸声此起彼伏,枪声和爆炸声持续了半个多小时,粪坑里一片死寂,空气中充斥着浓烈的血腥味和硝烟味。

也许是为了掩盖自己的罪行,也许是尽情地发泄对我抗日军民的敌视,清水利一最后命令日伪军将粪坑旁边的那堵石墙推倒,"轰隆"一声,十多米高的石墙重重地压在了三

角粪坑上,乱石夹杂着泥土重重地砸在死难的人们身上。

大屠杀过后,清水利一又下令日伪军烧房子、搬东西、拉牲口、抢粮食。一时间西峪村浓烟四起,火光冲天,近四百间房子,全被烧光。浓烟里窜动着火舌,硝烟和血腥味弥漫着整个山川,美丽富饶的山村,顿时变成焦土。到处是坍塌的房屋、破墙、瓦砾、草灰、焦炭。野坡上没有拾草的孩子,也没有一群群的牛羊,再也看不到村中袅袅的炊烟,只留下一片瓦砾场,几堵残垣断壁上还残存着"庆祝中日亲善"、"建设东亚新秩序"的标语。地上到处是抢撒了的粮食,街上到处堆着衣物,树上全拴着牲口,鸡、羊、猪到处乱窜,敌人将抢来的钱财装进了自己的腰包。

杀人、放火、抢劫之后,敌人吹哨集合,鸣枪收回山头上的哨兵。伪军、棒棒队走在前面,赶着牲口,驮着抢来的粮食衣物,牵着牛羊,枪刺上挑着鸡和包袱。日军走在后面,押着20个所谓的可疑分子,还有8名年轻貌美的妇女,向昔阳县城方向走去。

敌人让8名妇女骑上毛驴,妇女王小妮心想抓到城里也是个死,与其让敌人羞辱,不如拼上一回,便急中生智,从驴背上跳下来,躺在地下,打着滚,哭着说她肚子疼,要生小孩,敌人便把她扔在半路上,捡了一条命,剩下的27人全被押回县城里。

这次大屠杀,日伪军杀害人民群众386人,全村死绝者25户,王姓6世56口;白姓6世100口;刘姓5世76口;杂姓者138口,外来亲戚过往行人10余口。烧毁房屋400余间;抢走牲口100多头,粮食器具无数,制造了震惊华北的大惨案。

屠 村

当时全村 800 余口人，惨案发生后，仅遗鳏寡孤独者 428 口，悲痛万分，日夜啼哭，家家闻悲声，人人头顶白。村里昼不见路人，夜不闻鸡犬声，一片荒凉萧条景象。

没多久，这一带的人们便开始传唱一首歌：

昔阳有个西峪村，常被敌蹂躏。十月十九更凶狠，杀死咱三百多人（呀哈），你看狠不狠？

日本强盗真毒辣，到处大烧杀，只有民兵组织好，才能保卫咱。

青抗先和基干队，力量最伟大，保卫抗日根据地，谁也尊敬他。

军政民一条心，团结要精诚，到处开展反抢粮，勇敢杀敌人。

旧　恨

历史定格在 1940 年 11 月 18 日上午十点的西峪村。

深秋的寒风一阵阵呜咽，树枝上残留的枯叶打着旋飞落到不知谁家的残垣断壁上。整个西峪村笼罩在浓烟和烈火中，仿佛死去一般，鸦雀无声。

上午十点多钟，跑在村外的王殿义带着伤痛摸索着回到村里，他仔细听了听，好像村里没有什么动静。他大胆地走进了村里，确信日军已经走了，便高声喊道："鬼子走了，大伙快来救人呀！"。

村里村外藏着的人们陆续地从藏身处出来，王殿义和大伙一起来到五道庙，大伙互相问："人呢？怎么不见人呢？"

有人突然尖叫道："看粪坑！"大伙一起向三角粪坑望去，往日人们沤粪积肥的地方，此刻成了人间炼狱，惨不忍睹。粪坑中积满了血水，残缺不全的人头和四肢与石头、泥土混杂在一起，粪坑四周的树上、地上满是鲜血和肉丝。人们完全被眼前的惨相惊呆了，站在那里不知所措。

王殿义喊了一声："快救人呀！"大伙这才一起涌向三角粪坑，用手挖了起来，每个人的双手都是血淋淋的，已分不清到底是死难乡亲的血，还是自己的血，只是一个劲地挖。

人忙无智，不知谁说了一声"用手挖太慢，快去找工具！"，这一喊才提醒大家分头去找铁锹、镢头等工具进行挖掘。

土和石头埋了大约有一尺多厚，下面全是尸体，最上面一层的死难群众，体无完肤，面目全非，缺胳膊少腿，开膛破肚，其惨状简直无法用语言来形容。

人们怕损伤了亲人的遗体，慢慢地挖着，先摸摸鼻子有没有气息，再用手将亲人们脸上的泥土轻轻擦去。人们边哭边挖，有哭爹哭娘的，有哭儿哭女的，哭声震天，令天地也为之动容。

这一天，谁也没心思吃饭，水也顾不上喝一口，有的连家也没有回，有的自家的房子还在燃烧，人们顾不上别的，先救人要紧，一具具尸体被挖了出来，摆放在三角粪坑的周围。

不多时，在三角粪坑靠边挖出第一个幸存者，这个人清醒后，大家谁也不认识他，经过盘问才知道他是赵壁村来西峪驮煤的，稀里糊涂地也被鬼子赶进了粪坑里。他醒来时第一句话就问："我的驴在哪里？"人们回答说："我们全村的牲畜一头也看不见，哪知道你的驴去哪儿了？人活着就是最大的福分。"

人们继续挖着，这时挖出了王殿珍，她紧紧抱着她的女儿刘卫棠，大伙将她的双手扒开，摸了摸王殿珍的嘴还微微有气，人们一阵惊喜，吸气的吸气，捶背的捶背，王殿珍终于醒过来了，醒来后便问："我的闺女呢？"而年仅五岁的刘卫棠再也不能叫她妈妈了，她抱起女儿失声大哭，她的丈夫刘同昌的尸体也被挖了出来。王殿珍是西峪惨案从坑内挖出来的第二个幸存者。

共产党员白景元回村后，看到战友白希盈的遗体，忽然

想到鬼子进村时,自己和白希盈一起把区干部李政明领到地主白计明的地窖里躲藏,他急忙向白计明家跑去,远远望见白家浓烟滚滚,原来白家的窑洞里放满了准备盖房子的木材,被敌人放了火。

白景元打开窖顶,一股浓烟扑面而来,向里面喊话时,已无人应声,原来敌人把房子点燃后,浓烟钻进了地窖,李政明同志也不幸牺牲了。

当天下午,在三角粪坑东边的墙根边又挖出两名幸存者:王本栋和她的女儿。人们越有信心了,忘记了饥饿,忘记了疲劳,只有一个目标——挖人救人。天黑了,大伙谁也无心回家,全部到了邻村过夜。

第二天,邻村的亲友都来帮助西峪村挖尸埋人,直到中午才把三角粪坑的尸体翻完,人们开始辨认自己的亲人。

村民白世昌的妻子和五个孩子,全被日寇杀害,他一个人要埋葬六具尸体,先把妻子安葬后,又用一担笸篮先后担了两次,把五个孩子的尸体担到野外掩埋,他担着孩子边走边哭,全家七口人,只留下他一个人,连着几天吃不下东西。

村民白希成全家五口人,也只留下他一个人,东寨村的亲戚赶来帮他埋葬了亲人,他控制不住自己,大骂日本鬼子不是东西,场面甚是凄凉。有许多失去父母的孤儿被亲戚们领走。掩埋尸体用了整整三天时间。之后人们才回各自家里修理房子、整理东西。

惨案发生后第三天,黑压压一伙人赶着牲口,进到村里。人群中有背锅的,有拿碗的,五六个牲口驮着粮食口袋,人们乱哄哄地说话,牲口"呜哇呜哇"地乱叫,一下拥拥挤挤站下半场子。从人群中走出两个人来，原来是中共昔东县委和抗日民主政府派民政科商命卿和区委书记吴克万带领邻村村民来到西峪进行慰问。他们首先恭恭敬敬地向三角粪坑方向鞠了三个躬，然后转过身来说："众位乡亲们受苦了！你们糟受了敌人迫害，政府给拨了二百石小米、十万农钞，让我们来慰问大家。"又指着同来的那些群众说："他们都是邻村的老百姓，听说敌人把你们的家具、锅灶都搞坏了，凑了些家具，送给你们使用。"

接着，西峪村的群众，亲热地和大家握手，"政府和乡亲们太关心我们啦！"

邻村的人们说："谁家也有三灾六难哩！互相帮助嘛！"

全西峪村的人，看到这个情景，一个个感动地哭了。

随后，大伙开始查点村里的损失：有烧了门窗的；有丢了牛驴的；有打破锅灶的；有没了粮食的……马上就按受灾的轻重，发给救济钱粮；向死难的共产党员、村干部、民兵的家属，发了抚恤金；邻村群众送来的锅盆碗筷，分给没法做饭的人家使用。

这天晚上，正在地委开会的昔东县委书记周壁也连夜赶到西峪，面对围拢上来的干部群众，周壁和前面的几个人握了握手，然后站在一处高台上，做了慷慨激昂的即兴发言，进一步激发了西峪人民的革命热情。

"同志们，乡亲们，西峪村是我们全县抗日的模范村、样板村、堡垒村，为抗日做出了巨大贡献，这是我们西峪村的光荣。正因为如此，万恶的敌人才把我们西峪看作眼中钉、肉中刺。这次敌人对我们西峪的大屠杀，我们西峪人民进行了无畏的斗争，付出了巨大的牺牲，刘金荣、白希盈、王运来等一批优秀的同志离我们而去，这是全县抗日事业的重大损失。你们遭了难，损失很大，县委、县政府非常关心你们，今天，我代表县委、县政府来看望大家，慰问大家！

你们难过，我也难过。革命，就会有牺牲。这话跟别人说起来容易，要是落在自己头上，眼看着自己的亲人、兄弟、战友为革命牺牲，才会真正感到这句话的残酷和无情。但是，革命斗争是残酷的，没有牺牲就不会有胜利。

同志们，乡亲们，日本鬼子还没有被赶出中国，新的战斗还在等着我们去完成，更加艰苦的对敌斗争将带给我们新的考验，让我们打起精神，揩干身上的血迹，掩埋好战友和亲人的遗体，继续战斗吧！"

新　仇

　　西峪惨案大屠杀之前，敌人挑出20个男人和8个妇女（1个逃脱），由伪军持枪押送，路经韩家沟、花峪、毕家岭等村，沿公路押送到昔阳县城的"留置场"。

　　正如周壁同志所说的"新的战斗还在等着我们去完成，更加艰苦的对敌斗争将带给我们新的考验"。被敌人掳去的27个人，正在敌人的留置场经受着一场新的考验。

　　留置场是驻昔阳的日寇头目清水利一网罗昔阳县的汉奸、特务、地痞流氓费尽心机、绞尽脑汁独创的一种关押革命干部和无辜群众的地牢。

　　昔阳县城的留置场分三等：一等留置场被关押的人白天能自由、能在院里行动，一天两顿稀饭，关押的多为无辜群众，放出来的为敌人做情报工作。二等留置场，里面还能透一点空气，不得随便行动，每天吃一顿饭，住的是老百姓，也有一部分抗日干部和比较有点民族气节的人，这些人有的死在留置场，有的放回去。三等留置场是在地下挖的土洞，只留一个小口，能走一点空气，门窗封闭，只能一个人爬进去，日夜插着插板，铁锁锁着，里面昼夜不分，漆黑一团。大小便都在里边，有多少，往进关多少，人压人，人挤人，空气污浊。不给吃喝，里面的人只能吃粪喝尿，甚至饿得把衣服鞋帮都吃完了，每天早晨往外拖死人。入了这类留置场，多则五天，少则一天，即要毙命，所以昔阳人民把留置

场称作"鬼门关",进去不死,出来也得丧命。

留置场同样是战场,而和战场不同的是自己失去自由,完全被控制在敌人的魔掌里。在魔窟里去坚持斗争,对革命要没有火样的热情,钢一样的意志,铁一样的信念,很容易在难以忍耐的严酷的刑讯威逼下,抑或是在敌人的丰厚的物质引诱下,葬送了自己。

"留置场"的所长叫赵来喜,昔阳县人,这家伙长的个头不算高,细长脖子大奔头,麻秆腰胯罗圈腿,两只脚里勾外拐,走起路来一颠一颠的,往脸上看,满脸麻子,大疤套小疤,两腮长满疙瘩疤。一双暴睛绿豆眼下,一蒜头大鼻倒挂,两个大板门牙外露,两侧一对招风大耳忽扇忽扇的,活脱脱一个死鬼模样,头上戴一顶黑呢子破礼帽,上身穿一件日本主子赏赐的破旧黄呢军装。腿上套着黑色灯笼套裤,腿腕绑两条紫酱色绸缎绑腿,脚蹬一对日本鬼子的翻毛皮军鞋,一身打扮像是阎王地府钻出的勾命无常。别看这家伙长相不怎样,但能言善辩,奸诈滑头,在日本鬼子跟前可是个大红人。

到留置场的第二天下午,敌人便对白守林开始审问,让他供出共产党和村干部的姓名。白守林毫不畏惧,敌人便用小细绳把他的大拇指捆住,倒背手吊起来,连打带问,他守口如瓶,半句话不说,整整吊了半天,昏死过去放下来,用冷水浇醒,翻来覆去多次折磨,敌人没有获得任何口供。

过了一天,敌人又改变了方法,集中在一起一个一个审问,所长赵来喜说:"你们西峪村由于'通匪',皇军才把你们村的人杀了,如今就剩下你们几个人了,如果你们再不说出谁在'通匪',谁是共产党,谁是村干部,就把你们一起拉到西河活埋了,你们村可就断根了。你们要好好想想,掂掂轻重。"

被抓去的刘汉周、白福元、白守珍三人是共产党员,他们为组织保密,相互交换眼色,绝不叛党。其他人都互相鼓励,不提供任何线索。赵来喜费了半天功夫,仍没有获得任何口供,只好草草收场。

赵来喜是个诡计多端又善于伪装的人,一计不成,又生一计,他把西峪的人叫到一起,喜笑颜开地说:"你们村受了这么严重的损失,其实就是少数人害了的,并不是全村人都'通匪',是少数人'通匪'连累了全村,你们看这上算不上算,如今是日本人的天下,咱们就得听日本人的,这就叫识时务者为俊杰,历史上这样的事很多,明朝末年,吴三桂、洪承畴开始也是反清复明,后来看透了形势,投降了清朝,当了大官,给了厚禄。日本人占了中国,这是事实,他们还不用老百姓种地吗?你们听上共产党瞎宣传抗日呀!救国呀!能救了国吗?凭上那几杆破枪,东藏西躲,几个土八路能取胜吗?你们西峪人不维持日本人,不是吃了大亏了,不是上了共产党的当了吗?现在西峪人活着的不多了,你们千万不能一错再错,让全村断根,那就成了千古罪人了。好好想一想,谁能提供对皇军有用的情报,就马上放他回家。"

这一天中午,突然给西峪人送去一顿小米饭,让大伙吃饱,这又是赵来喜耍的另一个把戏。但严刑拷打,威胁利诱,软硬兼施,都没有征服西峪人的抗日决心。

敌人没有得到任何东西,赵来喜恼羞成怒,下令给西峪人换一换脑筋,命令伪军把几个男人的衣服全部脱光,排着队在院里转圈,当时正是农历十一月,天气十分寒冷,伪军

一边让人们转圈,一边问"冷不冷",如果说冷,就会用木棒在其身上乱打;如果说不冷,就会停下来,令其躺在阴冷的地上,往其身上泼冷水,边泼冷水边问"出汗不出汗",把人和水冻成一块冰,看到快咽气了,才让人抬回去。这样折磨了没有几天,王双所、白三孩等人便被活活折磨死了。

又是一天,赵来喜把仅存的几个西峪人叫出来,说:"今天,让你们开开眼,看两出好戏。这第一出,叫'压蛤蟆'。这第二出,叫'坐飞机'。"

敌人要在一位抗日干部身上演"压蛤蟆"。几个汉奸把那位同志的脚绑在一条长板凳上,然后用大漏斗插入嘴里,敌人把一大桶水倒下去,把肚灌得满满的,再把凳子朝天翻过,人朝下,凳朝上,几个日本鬼子和伪军,穿着大皮鞋,站在板凳上,齐声高喊"一二三"轮流跳着,血水立刻从那位同志的眼睛、耳朵、鼻孔处喷涌而出,我们的同志痛苦不堪,敌人却哈哈大笑起来,然后翻起来再灌水、再压,连续三四次,直到把人活活折磨死。

敌人又拉过一位抗日干部,上演"坐飞机"。几个日伪军把一棵有弹性的树弯倒,把我们那位同志的手绑在树梢上,然后把树突然放开,树的弹力很大,树在往回弹的同时,把人也弹到了空中,然后重重地摔下来。我们的同志被摔得七窍流血,很快就不省人事了。

赵来喜这个禽兽不如的东西,好像还不过瘾,又滔滔不绝地介绍起他的那些"发明":吃香蕉,就是把烧红的炭块喂进"犯人"的嘴里;戴亮帽,就是把烧红的铁火口戴在人头上;蒸饺子,就是把人倒吊起来,头伸进开水锅里煮;坐东洋车,就是将烧红的铁锹让人光着屁股坐上去;坐飞机,就是把人倒背吊起，将脖子四肢拴上石头；坐莲花盆，就是在铁筛底下栽满针刺，让人脱光衣服放进去，吊起筛子来回摇动；大过瘾，就是将猪毛穿进男人生殖器里，头发放在女人的阴道里……此外还有"桃花刺"、"点洋腊"、"压石板"、"狼狗咬"、"火柱烫"、"浇白开"、"换脑筋"等。

几个西峪村的硬汉子，经敌人的几番折磨，非死即伤，留下的几个人如同生了一场大病，浑身像抽掉筋般的酸软，每根骨头节像用锉锉似的疼痛。

很多学者认为，作为社会的弱势群体，女性最容易成为占领者的战利品和蹂躏的对象，她们不仅要承担国破家亡的精神痛苦，还要承担身体被辱的生理痛苦、受人歧视的心理压力。

西峪村的7个妇女，从抓来的那天起，她们的命运就注定了。她们年龄最大的25岁，最小的16岁，个个长得俊俏。赵来喜专门派了一个女汉奸对她们进行管理和说教，让她们轮流陪日寇吃饭睡觉，点到谁的名，这个女汉奸便先来劝解并给吃一碗好饭，笑嘻嘻地说："今天是你的好运，太君看上你了，这是你的福分，一定要陪好太君。谁要不听话，只能自己吃苦头，希望你明白点。"接着便让人换衣服，洗脸梳头，搽脂抹粉，然后送给指定的日寇摧残。

这一天，轮到16岁的刘瘦妮了，一进鬼子的屋门，刘瘦妮便被扒光了衣服，几个鬼子像一头头猛兽扑到刘瘦妮身上。刘瘦妮发出一声声刺耳凄厉的尖叫。回到关押处，刘瘦妮不吃饭，不睡觉，大家劝解她也不听，想到家中的母亲和哥哥，见不到亲人，自己还得任意让禽兽摧残，这是多么痛苦的事啊！敌人蹂躏加上心事重重，刘瘦妮日渐消瘦，没过

几天，便死在了留置场内。

经过"留置场"整整42天的非人折磨，西峪村20个男人中只有6个活了下来，7个妇女除刘瘦妮死在"留置场"里，其余6人活了下来。生还者之一的刘九生在生前回忆了这段痛苦的经历。

真是旧恨未除，又添新仇！

抉 择

西峪村前的西河水，滚滚向前，如流去的岁月，昼夜不息。西河水在转折时，遵循"湾道环流"规律——含有少量泥沙的表层水借回湾水势的离心力，自动流向凹岸，再沿着新的方向曲折前行；夹带大量沙石的底层水受重力作用，自然而然地流向凸岸，并把其中相当一部分难以带走的沙石沉积在凸岸沙滩上，让它们等候未来洪水的冲击。

在抗日这场关系中华民族生死存亡的伟大斗争中，同样遵循了"湾道环流"规律，不仅有意识地夹带一部分人曲折前行，也无情地把另一些人抛弃到历史大潮后面。

这幕"湾道环流"的大戏也在西峪村上演着……

西峪惨案不久，特务组织新亚会会长、叛徒李孝沂带了几个便衣特务和两名伪警察，到西峪村找见革命意志薄弱的老党员白日中，共同策划了一个自首变节的阴谋：让惨案后留下的几个党员，每人交五斗玉茭表示悔改自新；如不执行，便带回城里拷打，或押送到"留置场"。在他的策划下，西峪党组织惨遭破坏。

共产党员刘汉周，1939年入党，西峪惨案中，在留置场关押了42天，扛过了敌人的非人折磨，也没有承认自己是共产党员。这次被李孝沂和白日中叫去，心想："肯定是白日中出卖了组织，要自己自首。"因此他用讽刺的目光看了白日中一眼，说："你也在这里，有何贵干？"

白日中的脸霎时变得通红，自觉当了叛徒可耻。

刘汉周在"留置场"经受住了考验，没有出卖组织，这次经白日中指认，李孝沂在场，当场有人作证，硬顶也顶不过去，只好承认自己是共产党员，走上了自首变节的道路。

共产党员刘成才，也是1939年入党的老党员，入党后工作积极，送情报、破公路、割电线、支前打游击，样样跑在前边。在一次袭击三都哨房的行动中，从电杆上摔下来，摔断左腿，落下终身残疾。西峪惨案发生时，因外出没有被敌人杀害，留下一条性命。这次白日中、李孝沂把他叫去，一进门就清楚是白日中叛变，把他供出来了。因为刘成才早就认识李孝沂，也知道他投敌叛变，心想："这家伙来西峪，肯定没有好戏唱。"

李孝沂见刘成才来了，立即站起来，刘成才说："无事不登三宝殿，你可真稀罕！"。

"你们村受了这么大损失，我来看看。"

"我们村彻底完了，人死了一大半，房子被烧光了，东西被抢光了，人们没法过日子，日本人太可恨了，真是鸡犬不留。"

"你要抗日，他就要镇压你，如今是日本人的天下，共产党八路军想打败日本人，那叫以卵击石、螳臂当车、不自量力。成才呀，识时务者为俊杰，再不能不为西峪人民考虑了。"

白日中也趁机插话："成才，你不要一意孤行，为了咱村过安生日子，再不要糊涂了。"

刘成才细想："李孝沂这次来西峪，肯定是白日中自首，把党员都出卖了，想隐瞒也顶不过去。因为白日中是

抉 择

1938年入党的老党员,以前的一切情况他都了解。"经过考虑,刘成才承认了自己是共产党员,落入了敌人的圈套。

共产党员白贵云正在山上放牛,村里的白二毛到山上找到他说:"你赶快回去一趟,有重要事情,我替你放一会儿牛。"白贵云心想:"大白天叫我回村,一定有重要事情。"

回到村里一看,在场的有白日中、伪区长李孝沂,周围还站着几个伪警察。

李孝沂开口问:"你叫什么名字?"

"我叫白贵云。"

"你是共产党员吗?"

"我不是。"

李孝沂笑了笑说:"真的不是?"

白贵云仍然肯定地回答:"真的不是。"

李孝沂又说:"你们西峪人被惨遭杀害,你知道是为什么吗?"

白贵云没有吭声。

李孝沂生气地说:"就是因为你们这些共党分子,天天叫喊抗日呀!救国呀!结果全村人死了一半,我看罪魁祸首不是日本人,就是你们这些共党分子。你们害了全村人,应该找你们算账,今天你不承认,能骗了我吗?"

这时白日中也说话了:"贵云,老李说了,你也明白了,咱们应该觉悟了,再不能让村里人受害了,你就承认了吧。"白贵云心里想:"自己已被白日中出卖了。说吧,对不起党组织;不说吧,在老党员白日中面前过不了关,只好交代了自己入党的经过,成了一名自首变节分子。

西峪村的党员,有不少在敌人的屠刀下光荣牺牲了,留

下来的自首变节了,党组织彻底摧垮了。

白日中自首变节的行为,传到昔东抗日政府。抗日政府派人到西峪抓捕白日中,白日中自知后果严重,在无路可走的情况下,自己跑到昔东抗日政府自首了,把叛党的事实一一作了交代。政府对他宽大处理,后来又重新入了党,当了干部,但这段不光彩的历史,永远不会抹去。

著名作家柳青在其名著《创业史》中有这么一段耐人寻味的话:"人生的道路虽然漫长,但要紧处常常只有几步,特别是当人年轻的时候。没有一个人的生活道路是笔直的,没有岔道的,有些岔道口譬如政治上的岔道口,个人生活上的岔道口,你走错一步,可以影响人生的一个时期,也可以影响整个人生。"

是啊,一个人的一生中,抉择很重要!

参　军

转眼间，1941年的清明节到了。

清明，是一个让人伤感惆怅的节气。而对于痛失亲人的西峪人来说，随着清明的到来，伤感的情绪也到了极点。这一天，村里要举行一个祭奠仪式。

灵棚搭在村民殉难的三角粪坑前。灵棚顶上满插着青松翠柏，绿叶里衬出素淡的纸花。棚里面放着三张祭桌，正中摆着灵位，上写："抗战死难烈士和群众之灵位"。

靠前摆着香炉、祭品、瓜果，两面烛台上插了两支大白蜡烛，桌子周围，各种式样的花圈，叠成一座小花山。风吹进来，四面的挽联飘摆，香烟缭绕。人们走进去一看这情景，心里就难受得想哭。

不一阵，祭奠的人们一群一伙地来了。场子上，唢呐笙管，把人们的心都吹乱了。人们披着麻、戴着孝、端着祭品、抱着水酒香纸，一批批地走到灵棚下面，等不到把祭品摆上，想起烈士们和亲人们生前的情形，便难受得泪珠止不住地簌簌落下来。

唢呐不停地吹，祭奠的人，川流不息地进出。一会儿，青年王银捧穿着一身白孝，拿着黄裱纸张来了。走进灵棚，刚把纸点着，便哭得疯了一般，嘴里不住地"爹呀，哥呀"地叫。这时民兵白启旺也来了，烧过纸也放声大哭，摇着身子，捶着地，哭一声"爹爹、妈妈"，骂一声"日本鬼

子",鼻涕眼泪糊下一脸,谁去拉也拉不起来,拉的人也伤心地哭了。

青年王银捧,其父、其兄在惨案中遇难,只留下他一个人,他又有残疾,左眼视力不太好。民兵白启旺也是,西峪惨案后,全家只剩他独身一人。

灵棚前,立时响起了一片唏嘘的哭泣声。这时天空乌云密布,冷风吹着飘洒的细雨。人们哭泣,天也"沙沙沙"地哭起来了。

一会儿,王银捧停住了哭,用手巾擦了一下湿润的眼睛,声音很悲愤地喊道:"报仇!报仇!我们要为他们报仇!"

白启旺也跟着喊道:"对!报仇,坚决消灭敌人!"

大家也喊了起来。人们把沉痛化为力量,祭奠仪式变成了消灭敌人的动员会。

这时,大家熟悉的王运德站了出来,对大家讲:"告诉大家一个好消息,上级给了我们一个更加光荣、更加艰巨的任务——把三都和凤居的敌人消灭掉。希望民兵同志们,青年们,报名参加我们的八路军队伍,继续和敌人斗争,直到把日本鬼子赶出昔阳去!"

"我也去!"

"写上我的名!"

"把我也写上去!我叫王银捧!"

"我,把我写上,我叫……"

青年报名参军的热情,就像狂涛巨浪,势不可当。西峪人民多年受革命教育很深,虽然西峪惨案屠杀了386人,人口减半,但这次参军仍走在前边,有13人参了军,其中就

参　军

有王运德的大儿子王月明，形成了一场父母送子、妻子送郎、兄弟相争的动人场面。

第二天清晨，王运德早早地来到村口。好多人都已经在村口聚集了，有报名参军的青年，有欢送的家人。

一位大爷对着即将启程的年轻人说："孩子们，家仇国恨，可要记住了！不要给咱西峪人丢脸！狠狠地消灭鬼子！"

民兵白启旺恨恨地说："狗日的鬼子，欺人太甚了！我们不会就这样被他们任意欺凌，任意宰割的！从今天开始我白启旺的命就是为打鬼子而生，为打鬼子而死的！"

王运德这时开口了："是的，我们有骨气的中国人都会起来反抗的，鬼子再残忍、再强大，也是暂时的，我们不会输！你们都会成长为优秀的八路军战士！"

队伍雄赳赳、气昂昂地迈着整齐的步伐，唱着《在太行山上》，启程了。

红日照遍了东方，
自由之神在纵情歌唱！
看吧！千山万壑，铜壁铁墙，
抗日的烽火燃烧在太行山上。
气焰千万丈，
听吧！母亲叫儿打东洋，
妻子送郎上战场。

我们在太行山上，
我们在太行山上，山高林又密，
兵强马又壮，敌人从哪里进攻，

我们就要他在哪里灭亡,

敌人从哪里进攻,

我们就要他在哪里灭亡。

很快,新兵队伍顺着大路,迎着朝霞,消失在村子外的大路上。

王运德凝视着东方冉冉升起的红日,目光中充满了自信和期待……

后 记

　　1940年我13岁时,正在昔阳县穆家会村里的小学读书,那时日寇已经占领了昔阳城,昔阳人民生活在敌人凶残杀戮的白色恐怖之中,过着"乱世人不如太平犬"的生活。有一天,我抱着一叠书到老师的办公室里背诵时,两位老师正和村里的宋乃宽议论,说西峪村发生了一起大惨案,日本人一天在西峪杀了几百口人。听了这个不幸的消息,前几天发生在穆家会村的一幕不禁浮现在眼前,日寇在穆家会村抓了13个无辜群众,有的被活活打死,有的被活埋在西河沙滩里,被活埋了的人连家里的亲人都认不出来,是从身上穿的衣服来识别的,这些都是我亲眼所见,从那时起我就把对日寇的仇恨埋在了心底。宋乃宽同志比我大十几岁,当时他在山西大学读书,系中共地下党员。1937年9月,组建昔阳工委时,他是宣传委员,他经常对我们讲"天下兴亡,匹夫有责""一个人应当有民族气节",还协助学校的老师教我们唱《五月的鲜花》、《救亡进行曲》、《东北失守》等革命歌曲,利用星期日组织学生上街游行,高喊"打倒日本帝国主义"等口号。

　　1945年,我参加了工作,听了县领导同志对西峪惨案的叙述,对西峪惨案有了进一步的认识。

　　1976年,我从晋中农机大修厂调到晋中地区教育局工作,当时正是"农业学大寨"的时期,参观大寨的人很多。

西峪被定为参观点,一是因为有万米涵洞造地的宏伟工程;二是西峪中学艰苦奋斗、勤工俭学受到教育部的表彰;三是叶剑英元帅亲笔写了"西峪惨案烈士纪念塔"的题词,西峪被列为爱国主义教育基地,因此每天到西峪参观的人很多。

1979年,我到西峪考察勤工俭学工作时,听了王志仁校长的汇报后,我随他到西峪惨案发生地进行了凭吊,并听了老党员的介绍,一种责任感油然而生,心想:很有必要将这段历史好好整理一下,教育后人牢记历史,不忘革命传统。但因当时行政事务繁忙,一直未能如愿。

1983年,我从工作岗位退到二线,有了充足的时间完成这个心愿,下定决心整理这段历史,于是我多次去西峪村找知情人和幸存者了解走访。2008年,我写了一篇名为《不可忘却的历史》的短文,在晋中日报刊登,同时在晋中广播电台播出,但自己感到不论从广度上还是深度上,都还很不够。几年来,我又多方面收集资料,加工整理,有一次我到西峪时,有人介绍说,白维良同志任过西峪村党支部书记,收集了不少有关西峪惨案的资料,我又进行了几次专访,他帮助我找了刘小马等几位幸存者进行了座谈。之后,白维良同志将他收集整理的资料寄给我。我和白维良同志合作,经过两年多的努力,于2010年完成了《西峪惨案纪实》的初稿,晋中文联高厚和陈亚珍同志加工,在2010年《晋中乡土文学》第二期摘要登载。在此基础上,我和白维良同志又进行了内容上的充实,于2010年8月底写成了《血泪痕》小册子,原新华社记者范银怀同志为本书写了序言,中国戏曲音乐学会副会长、中国戏剧文学学会顾问寒声同志写了《夜读西峪惨案"忆江红"》诗一首。晋中师范高等专科

后 记

学校郭素明同志根据《血泪痕》小册子的内容编写了《太行血泪》电视连续剧剧本。令人欣慰的是，2014年11月27日，我和山西五洲文化传播有限公司签订了版权转让合同书，晋中市委宣传部、中共昔阳县委、昔阳县人民政府和山西五洲文化传播有限公司联合摄制了电影故事片《血色西峪》，西峪惨案终于被搬上了荧幕。同时一个想法又冒了出来，能不能把《血泪痕》以小说的形式进行创作，使人物更加生动形象，让内容更加丰富感人，于是又用近一年的时间，多方求证资料，终于完成了小说《西峪血泪》的创作。

在此非常感谢原新华社资深记者范银怀同志为本书作序，并提出了很多宝贵意见，这给予了我莫大的精神鼓励。在小说《西峪血泪》的写作过程中，得到许多热心人的帮助和支持，在此一并致以真诚的感谢。由于水平有限，差错之处在所难免，敬请知情人和广大读者给予指正。

杨润甫

2015年7月于榆次嘉和苑